Esther D. Neumann

Wen die Nacht umarmt –

Eine Sammlung von Gedanken

zu Papier gebracht, in Form von Gedichten

© 2001 Alle Rechte liegen bei der Autorin
Illustration- und Buchgestaltung: Esther-Dorothea Neumann
Herstellung Books on Demand GmbH
ISBN 3-8311-2389-6

„Fern von mir im Schatten der Nacht,
im Moment eines Traumes da lebst Du,
von einem Gefühl aus Sehnsucht geboren,
bist nicht wirklich nur in meiner Phantasie,
nur in meinen Träumen erscheinst Du mir,
nur im Schatten der Nacht bist Du bei mir...."

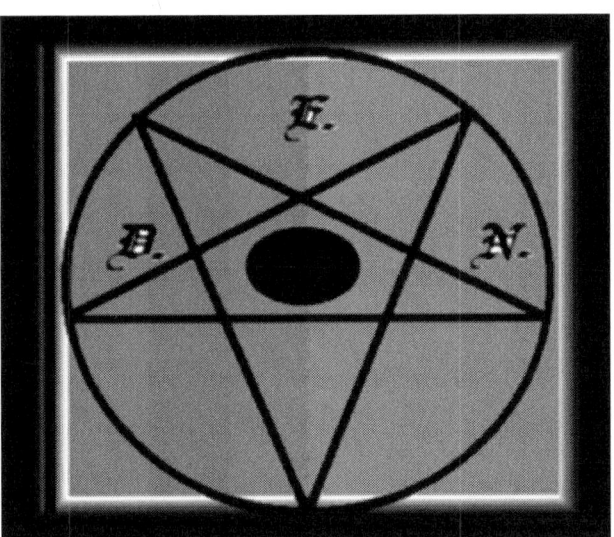

Vorwort

Die Inhalte der Texte in diesem Buch, beruhen auf
meinen persönlichen Erfahrungen mit dem Leben und
den sich daraus ergebenen Verwirrungen. Sie sind ein Spiegel
meiner Seele und eine Wiedergabe meiner Meinung. Ich möchte
meine Texte nicht erklären müssen, auch wenn der ein oder
andere vielleicht für den Leser nicht leicht verständlich und
nachzuvollziehen ist. Wie der Leser die Texte für sich interpretiert
,bleibt ihm selbst überlassen. Dabei setze ich ein gewisses Maß
an Verständnis und Phantasie voraus. Auch findet sich ein
Großteil dessen wie ich zum Leben stehe in vielen Zeilen. Eine
Metamorphose vom kriechen zum aufrechten Gang.
Verschiedene Stadien des selbst finden, erkennen des eigenen
Ichs als höchste Stufe des menschlichen da sein. Loslösen aus
der Gefangenschaft des Alltags, aus der Knechtschaft der
Religion. Ich brauche keine Götzenbildnisse, keine falschen
Götter oder Helden.
Ich bin für mein Handeln und für mein Leben selbst
verantwortlich und brauche niemanden der über
mein Leben bestimmt.
So wie auch ich für niemandes Leben verantwortlich bin, der
selbst ständig denken und atmen kann.

In diesem Sinne und auf ein besseres Verständnis

Die Autorin

Inhalt 1 / Liebe

Mein Herz (für Mac)
Lass mich sein
Wahre Liebe
Weil ich dich liebe
Halt mich heut Nacht
Gelöbnis der Liebe
Tränen
Leidenschaft
Im Schatten der Nacht

Inhalt 2 / Trauer und Tod

Der alte Mann
Eine letzte Umarmung (für Holger)
Meine Liebe stirbt nie
Tagebuch einer Freundin
Sterbendes Herz
Anruf von Dir
Ein Gast
Alptraum
Baby- Grab

Inhalt 3 / Phantasie

Leben nach dem Tod
Melodie der Nacht
Vollmond
Eine Legende
Vampir erster Teil
Vampir zweiter Teil
Nie geliebt

Inhalt 1

„Mein Herz"

Ich liebe es Dich anzusehen, Dein Lächeln,
Deine Augen sind so wunderschön,
wenn Du bei mir bist, weiß ich warum ich lebe,
all meine Liebe meine Zärtlichkeit die ich Dir gebe,
denn ich lebe nur für Dich mein Herz !

Ich sah in meinem Leben keinen Sinn mehr,
wollte all diesem Heucheln entfliehen,
doch dann kamst Du in mein Leben,
und erst da wurde mir klar das, daß
was ich für mein Leben hielt ,eine Lüge war

Du erst gibst all dem einen Sinn,
Du erst bereicherst meinen Tag,
mein Leben würde ich für Dich geben,
denn Du gibst mir Kraft und machst mich stark,
ich lebe nur für Dich mein Herz !

Ein Leben ohne Dich wäre eine Qual,
nicht Lebenswert für mich,
Du bist alles was ich habe,
das größte Geschenk auf dieser trostlosen,
grausamen Welt bist Du , ich brauche Dich,
denn ich lebe nur für Dich mein Herz !

Denn Du erst gibst allem einen Sinn,
Du bereicherst meinen Tag,
mein Leben würde ich für Dich geben,
denn Du gibst mir Kraft und machst mich stark,
denn ich lebe nur für Dich mein Herz !

„Lass mich sein"

Lass mich Dein Engel sein
der über Dich wacht,
der Dich hält und tröstet
wenn Du weinst in der Nacht

Lass mich Dein Lächeln sein
das Dich begleitet jeden Tag,
und wenn Du traurig bist
Dein Herz zu öffnen vermag

Lass mich ein Gedanke sein,
von einer schöneren, besseren Welt,
und wenn Du nicht mehr weiter weißt,
Deinen Geist und Deine Seele erhellt

Lass mich eine Träne sein
salzig und klar,
der Traurigkeit oder der Freude,
die über Deine Wangen läuft
und sich verliert auf wundersame Weise

Und lass mich die Liebe sein
die in Deinem Herzen wohnt,
die Dich erwärmt und beschützt
und Dich für Vertrauen und Treue belohnt

Wahre Liebe"

Sei ehrlich mit Deiner Liebe zu mir,
sei nicht halbherzig mit Deinen Gefühlen,
spiele nicht mit meinem Herzen,
denn das würde mich töten,
schenke mir Aufrichtigkeit und vollkommene Hingabe,
Wärme und Geborgenheit für immer,
denn nur dann werden wir eins,
denn nur so ist es wahre Liebe

Versprich mir ewige Treue
und schenke mir Vertrauen,
las Dich nicht blenden, von äußerlichen Dingen,
hör auf Dein Herz und öffne Deine Augen,
für das wesentliche im Menschen,
für die Seele in mir,
denn wenn wir uns lieben, ist es für immer,
nur so werden wir eins,
nur so ist es wahre Liebe

Sei vor allem Du selbst und verstell Dich nicht,
denn mit einer Lüge will ich nicht leben,
nur Wahrhaftigkeit führt zum Ziel,
denn nur dann werden wir eins,
nur so erfüllt sich das wahre Glück,
denn nur dann ist es wahre Liebe

„Weil ich dich liebe"

Du kamst in mein Leben und trafst mich ins Herz,
wie wunderbar ist dieses Gefühl
von Geborgenheit und Liebe,
wie unsagbar schön ist es, Deine Nähe zu spüren,
Deine Haut auf meiner zu fühlen

Du kamst in mein Leben und sofort in mein Herz,
Deine sanften Augen erzählen Träume,
die wir gemeinsam erleben,
Deine weichen Lippen lassen mich
meinen Schmerz vergessen,
lassen mich Deiner Leidenschaft ergeben

Nie mehr möchte ich ohne Dich leben,
nicht heute, nicht morgen ,nicht sonnst irgendwann,
ich will meine Augen neben Dir schließen,
und mich in Deinen Armen der Nacht ergeben

Du kamst in mein Leben, ich erkenne mich nicht mehr,
hast mich total verwirrt, mir die Sinne geraubt
mit all Deiner Leidenschaft,
ich will Dich lieben jede Nacht
und das 365 Tage im Jahr

Schließe Deine Augen, laß mich Dir zeigen
wie sehr ich Dich liebe,
umarme mich fest wenn wir uns vereinen,
laß mich Dich fühlen bis wir unserer Erlösung erliegen,
ich weiß Du bist all das was ich mir wünschte,
wie ein Geschenk das ich jeden Tag aufs neue erhalte,
ich laß Dich nicht mehr los, weil ich Dich liebe !

„Halt mich heut Nacht"

Halt mich ganz fest in Deinen Armen,
ich will heute Nacht nicht alleine sein,
ich will nur etwas Wärme in dieser kalten Zeit,
das Gefühl von Geborgenheit und vielleicht
ein bißchen mehr,
sei mein Lehrer heute Nacht, öffne die Tür

Halt mich fest, fang mich auf wenn ich falle,
trockne meine Tränen wenn ich weine,
halt mich fest, nur einmal noch dieses Gefühl
vollkommenen Glücks, bevor ich sterbe

Du kannst es schaffen, Du weißt wie es geht,
durchbreche die Einsamkeit die mich umgibt,
erwecke mein zu Stein gewordenes Herz,
berühre meine Seele, beende meinen Schmerz,
verführe mich, schenke mir deine Zärtlichkeit,
vereinige dich mit mir, schenke mir diese Nacht

Halt mich fest, fang mich auf wenn ich falle,
trockne meine Tränen wenn ich weine,
halt mich fest, nur einmal noch dieses Gefühl
vollkommenen Glücks, bevor ich sterbe

Ich will nur etwas Wärme in dieser kalten Zeit,
das Gefühl von Geborgenheit in dieser grausamen Welt,
schenke mir Geborgenheit, Wärme
und vielleicht ein bißchen mehr,
sei mein Lehrer heute Nacht und öffne die Tür

„Gelöbnis der Liebe"

Die Seele eines Menschen,
verläßt den Körper nach seinem Tod,
wenn zwei Menschen für einander bestimmt waren,
finden auch ihre Seelen wieder zu einander,
manchmal braucht es seine Zeit bis sie sich finden,
aber wenn es dann so ist,
bleiben sie auch in ihrem neuen Leben zusammen

Unsere Seelen haben sich gefunden,
über viele Umwege und Enttäuschungen hinweg
sind sie jetzt vereint,
so trafen wir aufeinander,
und fanden uns an diesen Ort

Ich habe keinen Zweifel das unsere Liebe
vorherbestimmt war, das unsere Seelen sich fanden,
wir gehören zueinander in guten
wie in schlechten Tagen,
für immer und ewig werde ich Dich lieben und ehren,
Dir beistehen und Deine Liebe achten,
ein Leben lang, bis der Tod uns wieder
von einander trennt,
das gelobe ich mit all meiner Liebe zu Dir,
aus tiefstem Herzen und
der Wahrhaftigkeit meiner Gefühle

„Tränen"

Kannst Du meine Tränen sehen, die ich weine,
denn Du bist nicht bei mir,
mein Liebster, Du bist so weit entfernt von mir,
wie gerne würde ich Dir sagen das ich Dich liebe,
wie gerne würde ich Dich in den Arm nehmen
und Deine Wärme spüren

Kannst Du meine Tränen sehen die ich weine,
jede einzelne ist für Dich,
jede einzelne stammt aus meinem Herzen,
denn es blutet nur für Dich

Das Warten ist unerträglich, doch ich ertrage es für Dich,
ertrag die einsamen Stunden, die Nächte ohne Dich,
nach außen hin bin ich gefaßt und stark,
doch innerlich verblute ich

Siehst Du die Tränen die ich weine,
jede einzelne ist für Dich,
jede von ihnen kommt aus meinem Herzen,
denn es blutet nur für Dich

Ein Zeichen Deiner Liebe, wäre Heilung für mein Herz,
laß mich nicht mehr warten, beende meinen Schmerz,
drei kleine Worte von Dir genügen,
ein „du fehlst" mir jede Nacht
ich bin nicht so stark wie ich dachte,
nur ein Mensch zerbrechlich wie mein Herz

„Leidenschaft"

Mit Dir schweben im Rausch der Sinne,
auf Deinen Schwingen trägst Du mich,
bis an die Grenzen der Leidenschaft,
in einer Nacht voller Magie,
ein unstillbarer Hunger treibt uns,
treiben wir, im puren Rausch der Sinne

In Deinem Schoß will ich versinken,
Dich fühlen jeder Zeit,
in Deine Arme will ich mich begeben,
und kosten den Nektar der Ewigkeit

Mit meinen Händen will ich Dich fühlen,
welch zärtliches Begehren,
streife über Deine Haut, welch süße Lust,
in einer Nacht voller Magie,
ein Verlangen nach mehr, treibt uns,
tiefer, tiefer in mir will ich Dich fühlen,

In Deinen Augen will ich lesen,
mich finden jeder Zeit,
Deinen Atem will ich spüren, auf meiner Haut,
und kosten den Nektar der Ewigkeit

„Im Schatten der Nacht"

{
Bist Du schon mal aufgewacht, aus einem Traum,
der so real und zum greifen nah,
doch gleichzeitig so weit weg und unerreichbar war..
}

Was bedeutet ein Traum, was bedeutet mein Traum,
ich weiß es nicht, sag du es mir,
meine Gedanken haben nur ein Ziel,
ich bin verwirrt, Tag für Tag,
ist es. . . . sollte es wirklich sein ?

Fern von mir, im Schatten der Nacht,
im Moment eines Traumes, da lebst Du,
aus einem Gefühl von Sehnsucht geboren,
bist nicht wirklich, nur in meiner Phantasie,
nur in meinen Träumen erscheinst Du mir,
nur im Schatten der Nacht bist Du bei mir !

Warum fällt es mir so schwer,
einen Sinn zu erkennen, nicht an Dich zu denken,
soll ich aufhören in dem was ich erlebe,
wonach ich mich sehne,
einen tieferen Sinn zu sehen,
aber würde das nicht bedeuten,
aufzugeben wovon man träumt

Wozu sind Träume dann noch da?

Denn fern von mir, im Schatten der Nacht,
im Moment eines Traumes, da lebst Du
aus einem Gefühl von Sehnsucht geboren,
bist nicht wirklich, nur in meiner Phantasie,
nur in meinen Träumen erscheinst Du mir,
nur im Schatten der Nacht bist Du bei mir !

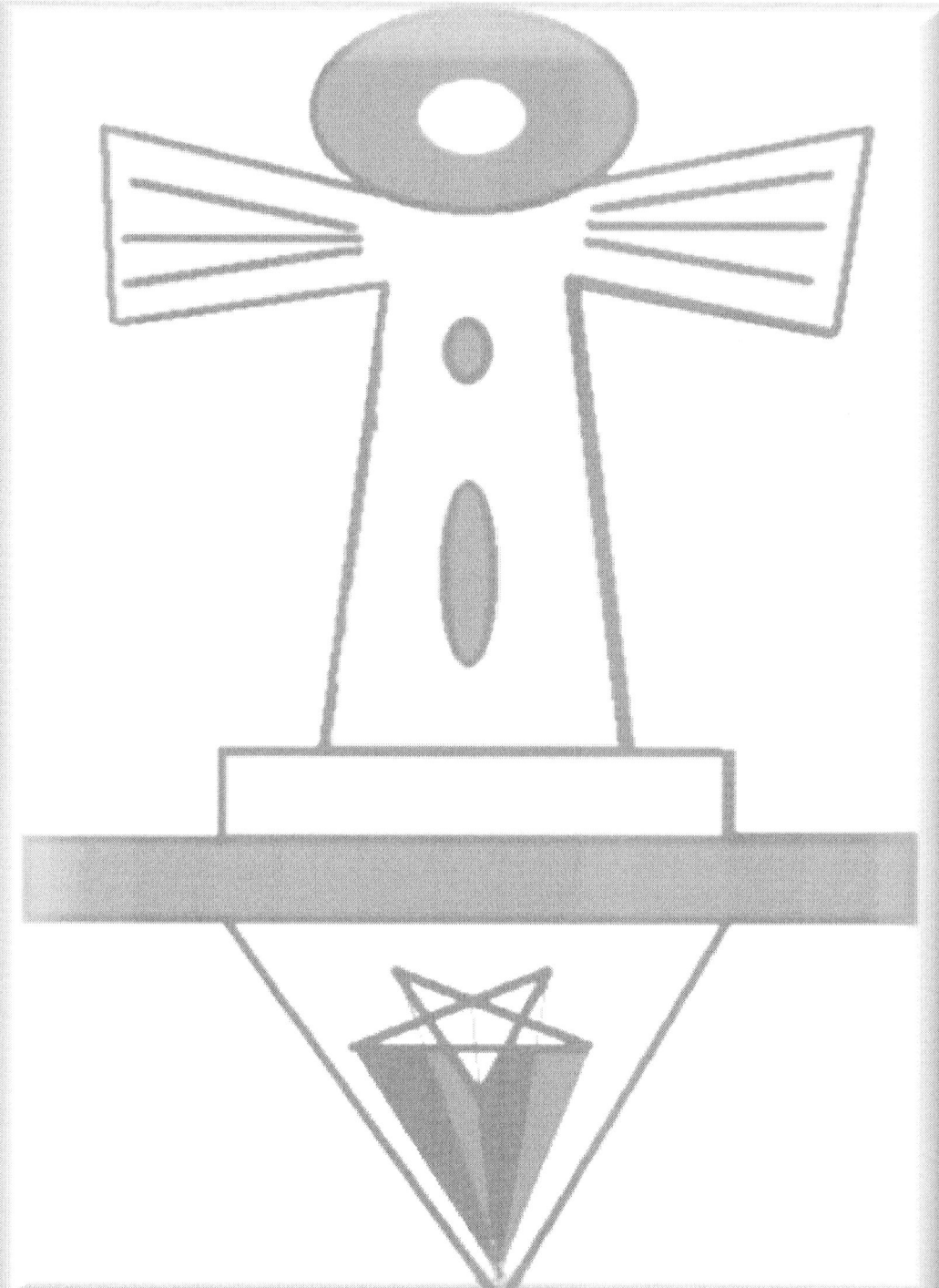

Inhalt 2

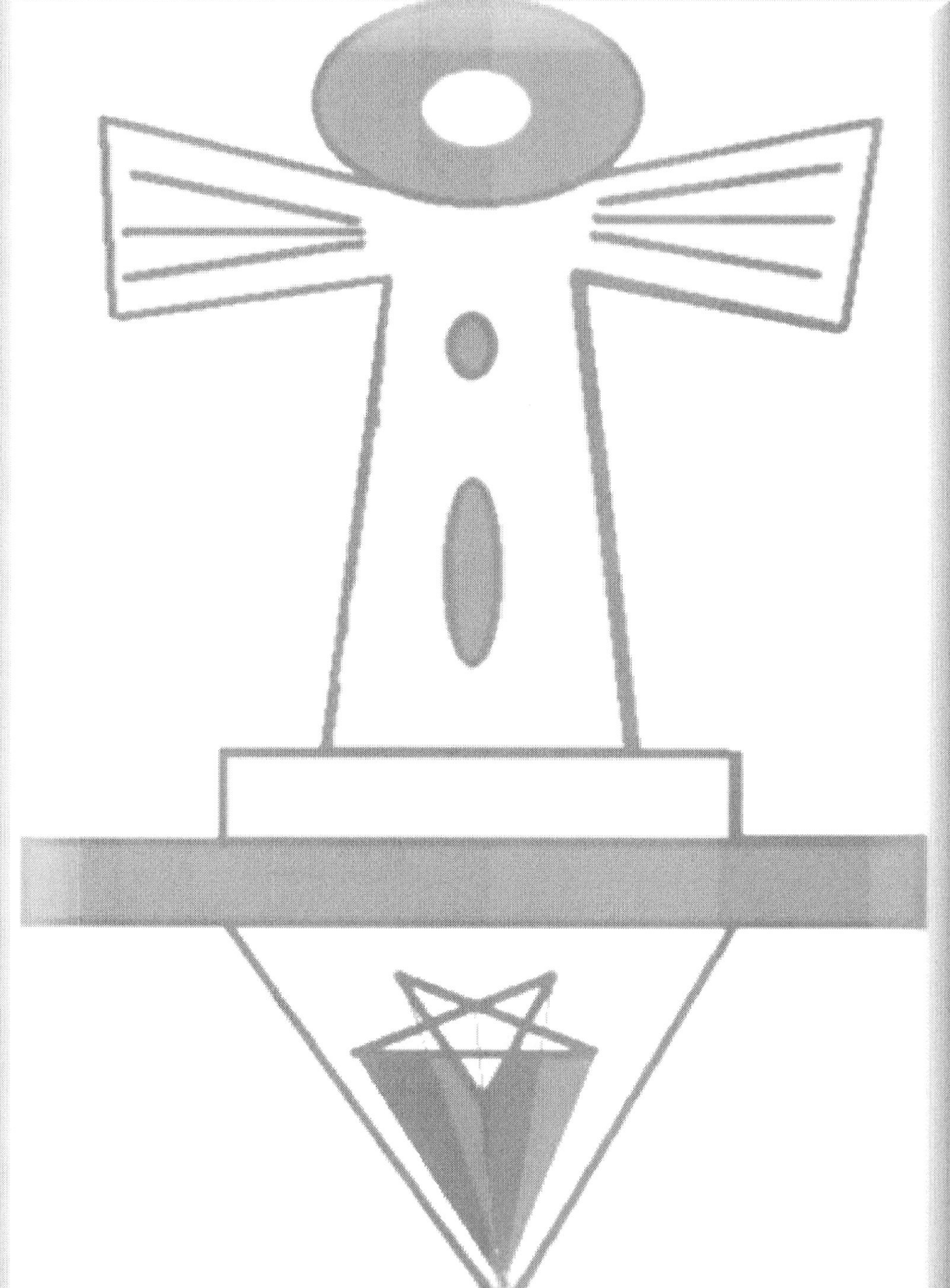

„Der alte Mann"

Der alte Mann, saß seit Jahren jeden Tag
draußen am Hafen und schaute aufs Meer,
seine Augen waren trüb und sein Blick war leer,
doch wenn Menschen an ihm vorüber gingen,
lächelte er sie an,
eines Abends, es war schon spät kam ich zum Hafen,
ich setzte mich zu ihm und er lächelte mich an,
dann fragt ich ihn „Warum alter Mann
sitz Du hier jeden Tag von Morgens bis Abends
und schaust aufs Meer?"
da begann er zu erzählen

„Als junger Mann fand ich hier meine große Liebe,
ich sah sie an und sie lächelte so wunderbar,
da wußte ich, das sie der Mensch fürs Leben war,
hier am Kai fand ich meine große und einzige Liebe"

Der alte Mann wurde einen Moment lang ganz still,
alles was man noch hörte,
war das rauschen des Meeres,
der Wind der die salzige Luft ans Ufer wehte ,Stille,
er atmete tief ein, dann erzählte er mir,
das seine große Liebe und er, jeden Tag hier draußen saßen
mit dem Blick aufs Meer,
das ihr Leben voller Glück und Liebe war,
doch sie starb vor vielen Jahren und
die Erinnerung an sie, zieht ihn jeden Tag
hier zurück an den Kai, wo alles begann,
er lächelt die Menschen an die an ihm vorübergehen,
doch so ein Lächeln wie das ihre,
hat er nie wieder gesehen

„Als junger Mann fand ich hier meine große Liebe,
ich sah sie an und sie lächelte so wunderbar,
da wußte ich, das sie der Mensch fürs Leben war,
hier am Kai fand ich meine große und einzige Liebe

Als ich ging, blieb er noch sitzen und schaute
wieder aufs Meer, er hatte sie gefunden,
die wahre Liebe seines Lebens,
wie wunderbar muß dieses Gefühl wohl sein,
am nächsten Tag als ich wieder zum Hafen kam,
hatten sich viele Menschen versammelt und
ein Krankenwagen fuhr davon,
ich fragte die vielen Menschen, die dort standen,
was geschehen sei und sie erzählten mir,
das der alte Mann der hier seit Jahren
jeden Tag am Hafen saß,
in der vergangenen Nacht gestorben sei,
sitzend am Kai mit dem Blick aufs Meer,
ich weiß genau, jetzt ist er wieder mit ihr vereint,
mit der Liebe seines Lebens

Als junger Mann fand er seine große Liebe am Kai,
er sah sie an und sie lächelte so wunderbar,
da wußte er, das sie der Mensch fürs Leben war,
jetzt ist er wieder mit ihr vereint,
denn Liebe ist stärker als der Tod,
seine größte Liebe fand er hier am Kai

„Eine letzte Umarmung"

Wir kannten uns nicht allzu lang,
oh, wie schön war die Zeit,
wir hatten viel Spaß und verstanden uns sofort,
Du warst wie ein Lichtblick in meinem Leben,
ein kleiner Funke Hoffnung in meinem Herzen,
es war für mich ein Schock, als ich erfuhr,
das Du nicht mehr bei uns bist

Ich wünschte ich könnte Dich noch einmal sehen,
noch einmal mit Dir lachen,
ich wünschte, ich könnte noch einmal
Deine Stimme hören,
doch was ich mir am meisten wünsche,
ist eine letzte Umarmung von Dir

Du warst so schnell fort aus meinem Leben,
viel zu schnell, es war nicht fair,
diese Leere in meinem Herzen zu hinterlassen,
wie lange habe ich gebraucht, um zu verstehen,
das es Dich nicht mehr gibt,
jetzt bist Du in einer besseren Welt,
das einzige was mir von Dir geblieben ist,
ein Foto und die Erinnerung an unsere schöne Zeit

Ich wünschte ich könnte Dich noch einmal sehen,
noch einmal mit Dir lachen,
noch einmal Deine Stimme hören,
doch was ich mir am meisten wünsche,
ist eine letzte Umarmung von Dir

„Meine Liebe stirbt nie"

Der Mensch den ich liebte ist tot,
ich trug ihn zu Grabe,
übergab seinen Leib, der kalten Erde,
der Mensch den ich liebte ist tot,
er kommt nicht wieder zurück,
dennoch ist er hier, ganz nah bei mir

Spüre ich doch seine Gegenwart,
höre ich noch sein Lachen,
sehe die Kleidung im Schrank,
rieche noch den Duft, der in den Räumen schwebt,
so als wäre er nur verreist
und steht gleich wieder in der Tür,
nimmt mich in den Arm
und spricht zu mir

Lege ich doch Nachts im Schlaf,
meine Arme fest um ihn,
mache Morgens das Frühstück für zwei,
rede als hörte man mir zu,
denke nicht an das Grab auf dem der Name steht,
der Name des Menschen den ich liebte

Denn er ist hier ganz nah bei mir,
fest verankert in meinem Herzen,
für immer und alle Zeit,
der Mensch den ich liebte ist tot,
aber meine Liebe zu ihm stirbt nie

„Tagebuch einer Freundin"

.......Ein kleiner Streit, ein falsches Wort,
wegen was? , ich weiß es nicht mehr,
ich hab es vergessen, ist untergegangen
im Eifer des Gefechtes

Dennoch fahren wir, und ich sitze neben Dir,
ich denke, ein ruhiger Abend,
nun ja er sollte es werden,
aber jetzt ist alles anders,
wir sitzen im Auto und schweigen uns an

Es ist schon sehr neblig für diese Jahreszeit,
die Straße ist kaum zu erkennen,
fahr nicht so schnell, sage ich,
und schon bin ich wieder still,
will dich nicht reizen,
zu spät du schreist mich an, wie so oft

Deine Hand die mich trifft schmerzt,
du bist wütend,
ich hätte dich nicht kritisieren dürfen,
ich darf jetzt nicht weinen, keine Gefühle zeigen
das wäre ein Fehler, meine Hand ruht am Türgriff,
nein, ich bin zu feige ! wie so oft,
nur bitte, fahr nicht so schnell............

Ich lese diese Zeilen meiner Freundin,
während die Ärzte versuchen,
ihr Leben zu retten,
wie lange warte ich jetzt schon, ich weiß es nicht,
ich habe die Zeit beim lesen vergessen

Sie hat nie etwas gesagt,
immer alles aufgeschrieben,
und ich lachte noch, als sie mir gestand
sie führe ein Tagebuch,
ihr Tagebuch der einzige Zeuge, ihres Leidens,
sie schrieb darin ständig,
auch während der Fahrt,
bitte fahr nicht so schnell, die letzten Worte,
die sie schrieb, bevor der Unfall geschah,
mein Herz zieht sich zusammen als ich lese
was für ein Schwein er war

Ich habe nichts gemerkt,
was für eine Freundin bin ich ?
jetzt liegt sie da drinnen, und die Ärzte kämpfen
um ihr Leben, meine Hände zittern,
bitte halte durch, es wird alles wieder gut

Ich weiß nicht wie lange ich schon hier warte,
vermutlich eine Ewigkeit,
man sagt mir nichts, oder will mir nichts sagen,
dann endlich, die Tür zum OP geht auf,
ich schaue sie an, nein sie brauchen es nicht zu sagen,
ich sehe es ihnen an, sie hat es nicht geschafft

Meine Freundin ist tot und dieses Schwein das lebt!

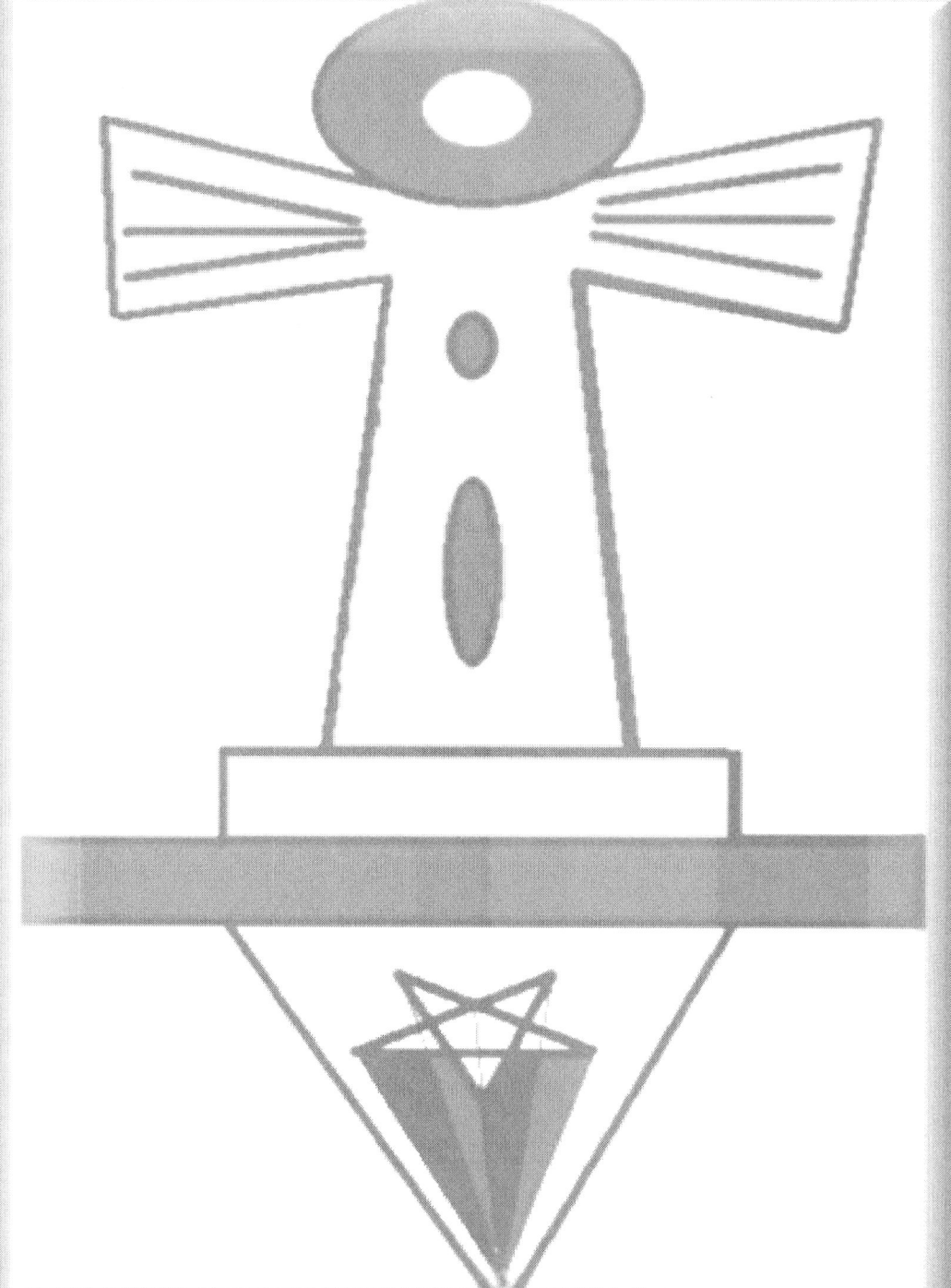

„Sterbendes Herz"

Und da war`d es dunkel und kalt,
auch war es war gewiß nicht leicht,
mit ihrem Tod segnete er seine Tat,
seine Zunge einer Schlange gleich,
sprach er von Liebe und begann doch Verrat

Und da war`d es dunkel und leer,
kein Hauch von Zweifel in seinem Gesicht,
kalte Berechnung in seiner Tat,
er liebte sie nicht,
ließ sie liegen, keines Blickes würdig,
und in der Hand ihr sterbendes Herz

Und da war`d es dunkel und still,
als er den Ort verließ,
ohne Reue in seinem Gesicht,
eiskalter Blick, so betrachtet er sein Werk,
er sprach von Liebe und begann Verrat,
und in der Hand die Trophäe seiner Tat

„Anruf von Dir"

Es ist schon spät, Dein Anruf riß mich aus dem Schlaf,
sofern ich schlief in dieser Nacht,
ich mache mir Sorgen, Deine Stimme klang so fremd,
so anders als sonst

Es ist schon spät, und die Nacht ist kalt,
kalt und naß, es regnet seit Tagen schon,
die Straße ist glatt und die Sicht ist schlecht
doch ich weiß Du wartest auf mich

Es ist schon spät, niemand mehr fährt zu diese Zeit,
der Regen ist wie eine Mauer zwischen Dir und mir,
ich kämpfe gegen die Müdigkeit, stelle das Radio an,
und der Weg erscheint mir heute länger als sonst

Es ist schon spät, doch bald bin ich da,
was kann es sein, warum riefst Du mich an
nach all der Zeit, warum klang Deine Stimme so fremd,
so anders als sonst, dann sehe ich die Einfahrt,
das grelle Licht der Beleuchtung doch Dich sehe ich nicht

Es ist schon spät, noch immer regnet es,
schnell laufe ich vom Wagen zur Haustür,
nicht sehr erfolgreich, ich rutsche aus,
verletze mir das Bein, ich erreiche die Tür,
durchnäßt vom Regen, ich klopfe an, keine Reaktion

Es ist schon spät, ich friere, meine Kleidung ist naß,
noch immer keine Reaktion auf mein Klopfen,
ich laufe ums Haus, durch ein Fenster sehe ich Licht,
die Hintertür ist nicht verschlossen, ich trete ein
aber Dich sehe ich nicht

Es ist schon spät, ich rufe nach Dir,
keine Antwort, ich laufe durch die Räume, wo bist Du,
ich gehe die Stufen hinauf, höre leise klingende Musik,
wieder rufe ich nach Dir, doch Du antwortest mir nicht

Jetzt erst sehe ich Dich, Du liegst auf dem Bett,
Du starrst mich an,
das Blut auf den Kissen verrät Deinen Tod,
ich will schreien, doch kann es nicht

Jetzt erst begreife ich, ergeben Deine Worte einen Sinn,
warum war ich nicht früher bei Dir,
jetzt liegst Du da mit starrem Blick,
und der Waffe in Deiner Hand,
ich kann nicht verstehen warum das geschah

Dann sehe ich Deinen Brief, in dem Du mir schreibst
das Du mich liebst,
doch die Zeit nicht immer alle Wunden heilt,
Du müßtest gehen und gäbest mich frei,
Du schreibst „verzeih mir",
so ich sehe Dich liegen, den starren Ausdruck
in Deinem Gesicht,
ich kann es nicht, nur die Augen schließe ich Dir

Es wurde hell, als die Polizei wieder fuhr,
all die vielen Fragen,
Fragen deren Antworten ich nicht kannte,
ich bin noch immer wie gelähmt, kann nicht begreifen
wieso das geschah

Ich sitze in meinem Auto, der Regen hat aufgehört,
ich kann nicht nach Hause fahren, zu sehr quält mich
der Gedanke an die vergangene Nacht

Jetzt erst begreife ich, Du bist nicht mehr hier, Du bist tot !

„Ein Gast"

Der fahle Schein der Kerzen,
wirft Schatten an die Wand,
alles ist vorbereitet, für die Ankunft meines Gastes,
das Warten hat bald ein Ende,
das Leiden ist bald vorbei

Die Schatten tanzen an der Wand,
rufen ihren Herrn, doch ich bin bereit,
ich habe keine Angst vor meinem Gast,
bin bereit mit ihm zu gehen, in eine andere Welt

Keine Uhr die mir die Zeit verrät,
denn sie spielt keine Rolle mehr,
wenn es Zeit ist wird er kommen

Mein Herzschlag wird schwächer,
das Atmen fällt mir schwer,
ich spüre er ist nah, fühle die Kälte,
doch mein warten hat bald ein Ende,
mein Leiden ist bald vorbei

Mein Herz, Du hast Deine Pflicht erfüllt,
tapfer schlugst Du den Takt des Lebens,
doch jetzt ist es Zeit sich auszuruhen,
denn ich verlasse heute diese Welt

Ich habe keine Angst vor meinem Gast,
keine Angst mit ihm zu gehen,
denn ich verlasse heute diese Welt,
verlasse die Hülle die mich im Leben hielt

Die Kerzen sind fast abgebrannt, ein letztes Flackern noch,
die Schatten beenden ihren Tanz,
mein Gast ist angekommen,
jetzt ist es Zeit zu gehen

„Alptraum"

Du kannst nicht schlafen, Du liegst in Deinem Bett,
und drehst Dich von einer Seite auf die andere,
jede Nacht hast Du den selben Traum,
Du hörst Stimmen die Dich rufen,
spürst eisige Kälte die Dich umgibt,
hörst Schritte die sich nähern, Du willst schreien,
doch Deine Kehle ist wie zugeschnürt
Der Alptraum beherrscht Dich,
zieht Dich ganz in seinen Bann,
Du darfst Dich nicht ergeben, gib ihm keine Macht,
der Alptraum zerstört Dich, wach endlich auf,
wach endlich auf, sonst ist es zu spät
Du versuchst zu fliehen, doch wohin Du auch willst,
stößt Du auf Mauern,
egal wie sehr Du es auch versuchst,
es will Dir nicht gelingen,
Du spürst eine kalte Hand die nach Dir greift,
eine weitere die Dich berührt und überall ist Blut,
wessen Blut?
Der Alptraum beherrscht Dich, zieht Dich
ganz in seinen Bann,
Du darfst Dich ihm nicht ergeben, gib ihm keine Macht,
der Alptraum zerstört Dich, wach endlich auf,
wach endlich auf, sonnst ist es zu spät

Ein Schrei entrinnt Deiner Kehle,
weinend und zitternd sitzt Du in Deinem Bett,
es war nur ein Traum,
ein Traum der Dich seit jener Nacht im Wald verfolgt,
es ist die Schuld die Dich jetzt quält,
was hast Du damals getan,
dachtest Du wirklich es sei alles nur ein Spiel,
die Dämonen die Dich jetzt heimsuchen
hast Du Dir selbst geschaffen,
was wirst Du jetzt tun, was hast Du vor ?

Nachrichten

"Nach Angaben der Polizei, hat der mysteriöse Fall,
um den grausamen Tod von vier Jugendlichen,
die vor zwei Wochen in einem nahegelegenem
Waldstück, verstümmelt aufgefunden wurden,
in der vergangenen Nacht ein weiteres Opfer gefordert.
Es handelt sich dabei um ein 16 Jahre altes Mädchen,
das als einzige überlebt hatte, und mit den Opfern
befreundet war. Das Mädchen erhängte sich
aus ungeklärten Gründen, vergangene Nacht in ihrem Zimmer.
Bisher ist noch immer ungeklärt, was sich
vor 6+6+6 Tagen wirklich im Wald ereignete.."

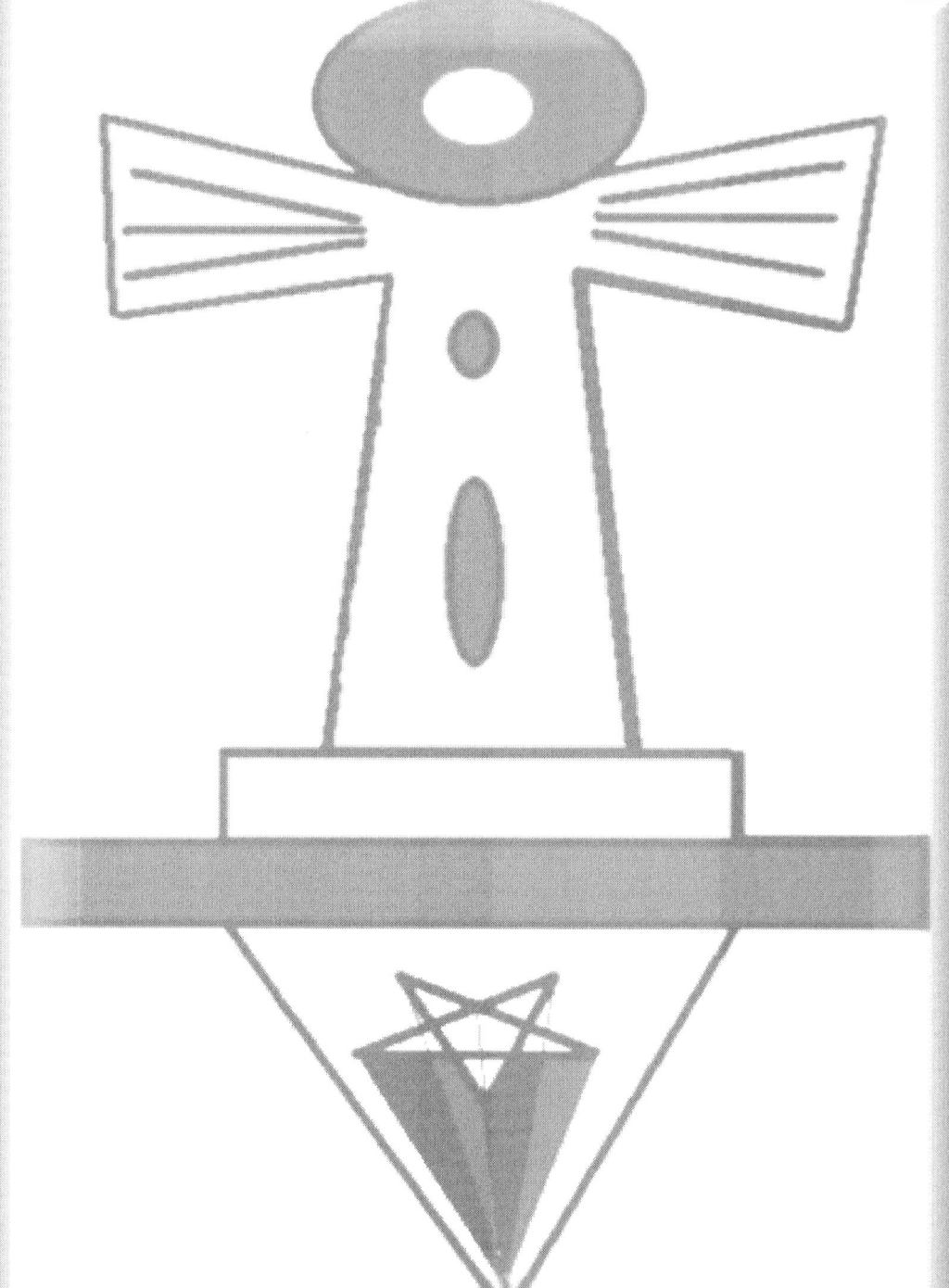

„Baby- Grab"

Bringst Du mir mein Leben wieder,
das ich einst verlor ,
ich zahle jeden Preis dafür, erbringe jedes Opfer,
nur laß mich nicht hier,
so verloren, an diesem kalten Ort,
nur spüre ich die Kälte nicht,
denn auch Gefühle fehlen mir,
ich fürchte mich so ganz allein
sag bringst Du mir mein Leben wieder ?

Bringst Du mir ein kleines Licht,
damit ich sehen kann wo ich jetzt bin,
es ist so dunkel hier,
ist es schon Tag, oder noch Nacht,
und welche Jahreszeit haben wir,
liegt oben auf meiner Decke Schnee,
oder blühen dort Blumen in vielen Farben,
ich fürchte mich so ganz alleine,
sag bringst Du mir ein kleines Licht ?

Singst Du mir ein kleines Lied,
damit ich friedlich schlafen kann,
du hast es früher oft getan, weißt du noch ;
bevor ich starb,
und in den Armen hieltest du mich
und spieltest mit meinen Haaren,
mit meinen kleinen Händen,
warum hattest du mich nicht mehr lieb,
und warfst mich einfach weg,
jetzt bin ich hier an diesem Ort,
verlassen und allein,
und könnte doch an deinem Busen liegen,
sag singst du ein Lied für mich ?
Mutter !

Inhalt 3

„*Leben nach dem Tod*"

Warum nur ist die Welt so ein grausamer Ort,
so voller Haß und Leid,
sieh in die Augen der Menschen,
sieh ihre Trauer ihren Schmerz,
warum nur sind sie so blind und klein,
sie sehen nichts, denn ihre Herzen sind aus Stein

Gibt es ein Leben nach dem Tod,
dann versprich mir, bringe mich fort von hier,
bringe mich weg von all dem Schmerz und Leid,
und bleibe bis in die Ewigkeit bei mir !

Warum nur fühle ich mich so leer,
so unverstanden und verlassen,
denn Du bist nicht bei mir,
das Wort das ich suche heißt hassen,
schau Dich nur um, sieh ,
in was für einer Welt wir leben,
es ist nicht Liebe und Vertrauen, nein,
es ist Macht und Gewalt
nach der die Menschen streben

Gibt es ein Leben nach dem Tod,
so verspreche mir, bringe mich fort von hier,
bringe mich weg von all dem Trug und Schein,
und bleibe bis in die Ewigkeit bei mir !

Wenn das Leben nur ein Traum auf dem Weg in den Tod ist,
dann wecke mich auf !

„Melodie der Nacht"

Wieder neigt sich die Majestät der Nacht,
hinter dem Vorhang der Dunkelheit
verschwinden die Lügen,
der Mond betritt seinen Thron,
teilt mit den Sternen die Macht,
dunkel und geheimnisvoll beginnt die Nacht

Komm mit mir in eine andere Welt,
ich zeige Dir die Schönheit der Nacht,
die Magie des Mondes den Du erblickst,
und die Melodie der Kreaturen der Nacht

Es ist die Ruhe der Dunkelheit die ich suche,
die Geborgenheit der Stille die mich umgibt,
gibt es etwas schöneres als den Anblick der Nacht,
den Augenblick in dem die Schattenwelt,
über das Reich des Lichtes siegt

Komm mit mir in eine andere Welt,
ich zeige Dir die Schönheit der Nacht,
die Magie des Mondes Du erblickst,
und die Melodie der Kreaturen der Nacht

„Vollmond"

Verwirrung in meinen Gedanken,
aufsteigende Gefühle in mir,
ich sehe das Spiel zwischen Schatten und Licht,
lasse mich treiben in die Stille,
ich fühle mich wie ein neugeborenes Kind,
und weine über die Schönheit der Nacht

Vollmond, seine Magie zieht mich in seinen Bann,
gefährliche Faszination und Schönheit,
vollkommene Hingabe, erwecken der Lust,
Vollmond, seine Magie zieht mich in seinen Bann

Ich umarme die Nacht, fühle mich frei,
spüre die Verwandlung in mir,
ich bin hungrig nach Liebe, ein verbanntes Gefühl,
bin auf der Suche, warte auf Erlösung von Dir,
fühle die Sehnsucht nach Zärtlichkeit in mir,
und weine über die Schönheit der Nacht

Vollmond, seine Magie zieht mich in seinen Bann,
gefährliche Faszination und Schönheit,
vollkommene Hingabe, Leidenschaft,
neu erwecken der Lust,
Vollmond, seine Magie zieht mich in seinen Bann

„Eine Legende"

„Es gibt die Legende von einem Ort, an dem <u>die</u>
Seelen umherirren die keine Ruhe finden, von großer Trauer
und Leid gezeichnet, warten sie auf den Tag,
an dem sie sich für das Unrecht das ihnen geschehen
ist rächen, nur so gelingt ihnen der Übergang in die
Welt der Toten, man sagt, dabei weist ihnen
eine Krähe den Weg „

Ein von Verzweiflung und Traurigkeit
erfüllter Ort, Seelen irren umher,
warten auf die Chance sich zu rächen,
diese Worte sind immer wieder in meinen Gedanken,
was würde geschehen,
gäbe es tatsächlich diesen Ort,
dann nehmt euch in acht, vor den Krähen der Nacht

Die Krähen der Nacht zeigen den Weg,
begleiten die Seelen in ihrer letzten Schlacht,
die Gerechtigkeit ist ihre Mission,
die Krähen der Nacht weisen den Weg

Vielleicht, wenn man den Schrei einer Krähe hört,
öffnet sie wieder die Tür zu einer anderen Welt,
sie bringt Gerechtigkeit nicht den Tod,
der majestätische Vogel der Nacht,
auf seiner Vergeltungsmission

Die Krähen der Nacht, Wächter der Unterwelt,
Hüter des Tores zwischen Leben und Tod,
begleiten die Seelen in ihre letzte Schlacht,
der Gerechtigkeit genüge zu tun, ist ihre Mission,
die Krähen der Nacht weisen den Weg

„Vampir erster Teil"

Ich träumte von einem Mann,
der durch die Jahrhunderte wandelt,
von stolzer Erscheinung, von großem Wissen erfüllt,
ein Gebieter der Nacht, nicht tot, nicht lebend,
ein Wesen der Phantasie

Ein Traum von Haut, kalt und weiß wie Schnee,
von Augen rot wie Blut und voller Magie,
und Haaren so schwarz wie die Asche
eines Feuers der Zeit

Ich träumte von ewiger Jugend
und einem Dasein ohne Schmerzen,
jedoch verdammt zur Einsamkeit,
einem Kuß so heiß, das er mein Blut in Wallung
und mein Herz zum Stillstand brachte

Ein Traum weiß wie Schnee, rot wie Blut
und schwarz wie die Asche, eines Feuers der Zeit

Ich träumte von Klängen, die ich sonst nie hörte,
von Dingen die ich vorher nicht sah,
einem Mann der durch die Jahrhunderte wandelt,
ewig hungrig nach dem Saft dem Lebens,
der Preis für die Unsterblichkeit
den er zu zahlen bereit war

Ein Traum von Haut so kalt und weiß wie der Schnee,
von Augen so rot wie Blut und voller Magie,
und Haaren so schwarz wie die Asche,
eines Feuers der Zeit

„Vampir zweiter Teil "

Sage mir was Du willst, was Du fühlst,
und ich gebe Dir was du brauchst,
begebe Dich in meine Arme,
habe keine Furcht vor dem was Du erfährst,
denn Du hast eine Wahl

Alles hat einen Sinn, eine besondere Faszination,
streife ab, Dein irdisches Leben,
denn alles erfüllt einen Zweck,
doch bedenke es hat auch seinen Preis,
aber Du hast ja die Wahl

Begibst Du Dich in meine Arme
folgst Du mir in die Nacht
willst Du mehr, mehr als das,
was Dein Leben Dir bietet ?
dann werde wie ich, ein Geschöpf der Nacht !

Wenn Du begierig bist zu lernen,
mehr als Du begreifen kannst,
dann zögere nicht und folge mir,
erlebe Gefühle, stärker als Du je gefühlt,
sehe mit anderen Augen, klarer als Du je gesehen,
habe keine Furcht vor dem was Du wirst,
nur bedenke, es gibt danach kein zurück

Begibst Du Dich in meine Arme
folgst Du mir in die Nacht
willst Du mehr, mehr als das,
was Dein Leben Dir bietet ?
dann werde wie ich, ein Geschöpf der Nacht !

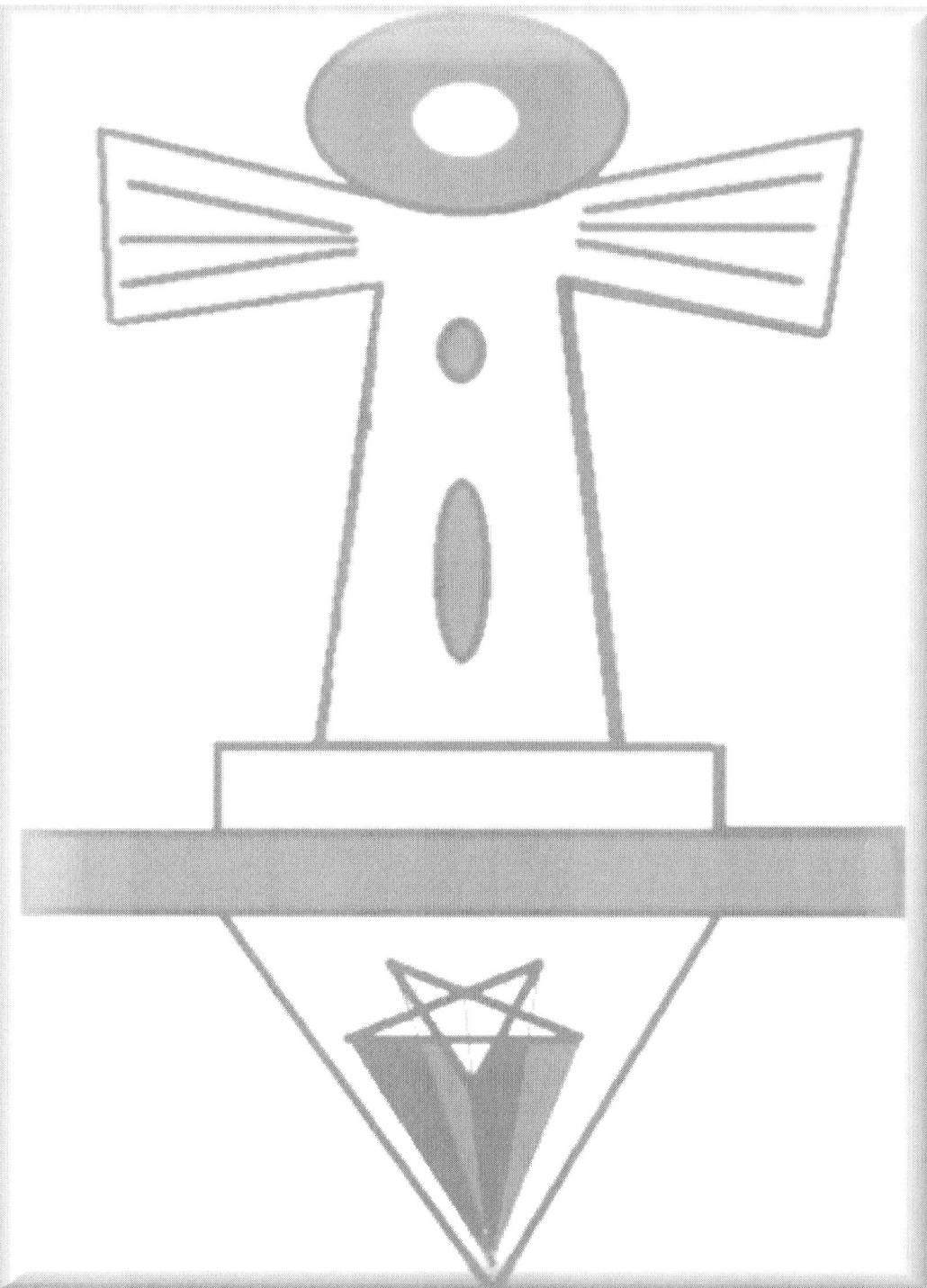

„Nie geliebt"

In meinen Träumen habe ich den Tod geliebt,
er kam zu mir, einem Engel gleich,
berührte mich sanft und ich ließ es geschehen

In meinen Träumen sagten
meine Augen ich will,
ich wollte es, ich wollte ihn,
umarmte ihn zärtlich und
ließ ihn gewähren

Und als er zu mir sprach,
mit leiser Stimme und sanftem Blick,
da wußte ich, bis dahin habe ich nie geliebt,
es gibt kein zurück

In meinen Träumen habe
ich den Tod geliebt,
entdeckte eine neue Welt,
in der finstren Nacht,
denn am Tage träume ich nicht,
auch wenn ich es versuche,
wie in den Nächten ist es nicht

Und wenn ich warte auf die Nacht,
mit Sehnsucht nach ihm in meinem Herzen,
und das Verlangen über den Verstand siegt,
dann weiß ich, vorher habe ich nie geliebt !

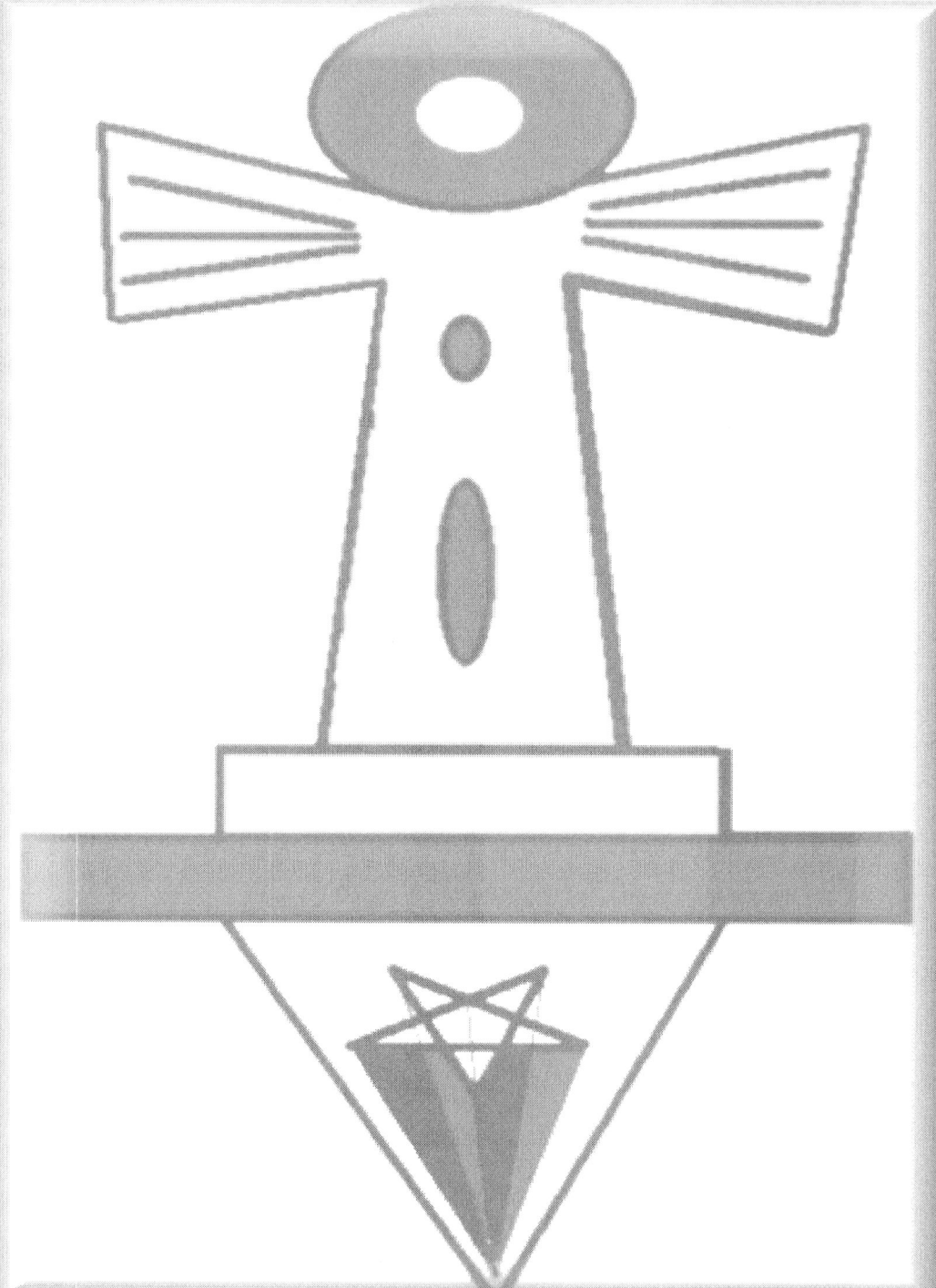

Inhalt 4

„Worte, Gesten und Zeichen"

Im Leben ist es immer ratsam,
die richtigen Worte zu finden,
Worte die ausdrücken sollen,
was uns wichtig ist, was wir fühlen,
und was wir unseren Mitmenschen sagen wollen

Doch wie gebrauchen wir die Worte,
wie setzen wir sie ein
falsch verwendet wirken sie als Waffe,
die schmerzen kann und verletzt

Im Leben ist es immer wichtig,
die richtigen Gesten zu kennen,
die unserem Gegenüber erkennen lassen,
ob wir Freund sind oder Feind,
und die es uns möglich machen,
unsere Mitmenschen zu verstehen

Doch wie gebrauchen wir die Gesten,
wie setzen wir sie um,
richtig eingesetzt öffnen sie Türen,
zu einem besseren Verständnis,
zu einem besseren Verstehen

Im Leben ist es manchmal gut,
die Zeichen richtig zu deuten,
die uns weisen, die uns leiten,
die uns führen, aber auch verwirren,
doch auch diese können Zeichen sein,
die es gut mit uns meinen

Doch wie erkennen wir die Zeichen,
wie wissen wir wohin sie führen,
falsch gedeutet, führen sie oft in die Irre,
das sagt uns, bei Worten, Gesten und Zeichen,
fehlt uns noch die Zeit, die wir brauchen um zu erkennen,
zu deuten und zu verstehen

„Meine Welt"

Ich habe mir in all den Jahren,
eine eigene kleine Welt aufgebaut, in der ich lebe,
sie besteht aus meinen Ängsten,
meinen Träumen und all dem wonach ich mich sehne

Dort kann ich all das sein was ich möchte,
all das besiegen was mich quält,
all das ausleben, was ich
in der realen Welt nicht kann

Wenn Du mich in meinem Leben begleiten willst,
an meiner Seite zu mir stehen,
mußt Du meine Welt akzeptieren,
ohne sie bin ich verloren,
ohne sie bin ich nicht ich selbst

Ich habe mir in all den Jahren,
eine kleine Welt aufgebaut, in der ich lebe,
ist Deine Liebe stark genug, dann folge mir,
und wer weiß, irgendwann vielleicht
komme ich in Deine Welt,
und gehöre dann ganz und gar Dir

Wenn Du mich begleiten willst,
an meiner Seite zu mir stehen,
mußt Du meine Welt akzeptieren,
denn noch brauche ich sie,
noch bin ich nicht bereit
meine Welt zu verlassen,
meine Welt die mich am Leben hält

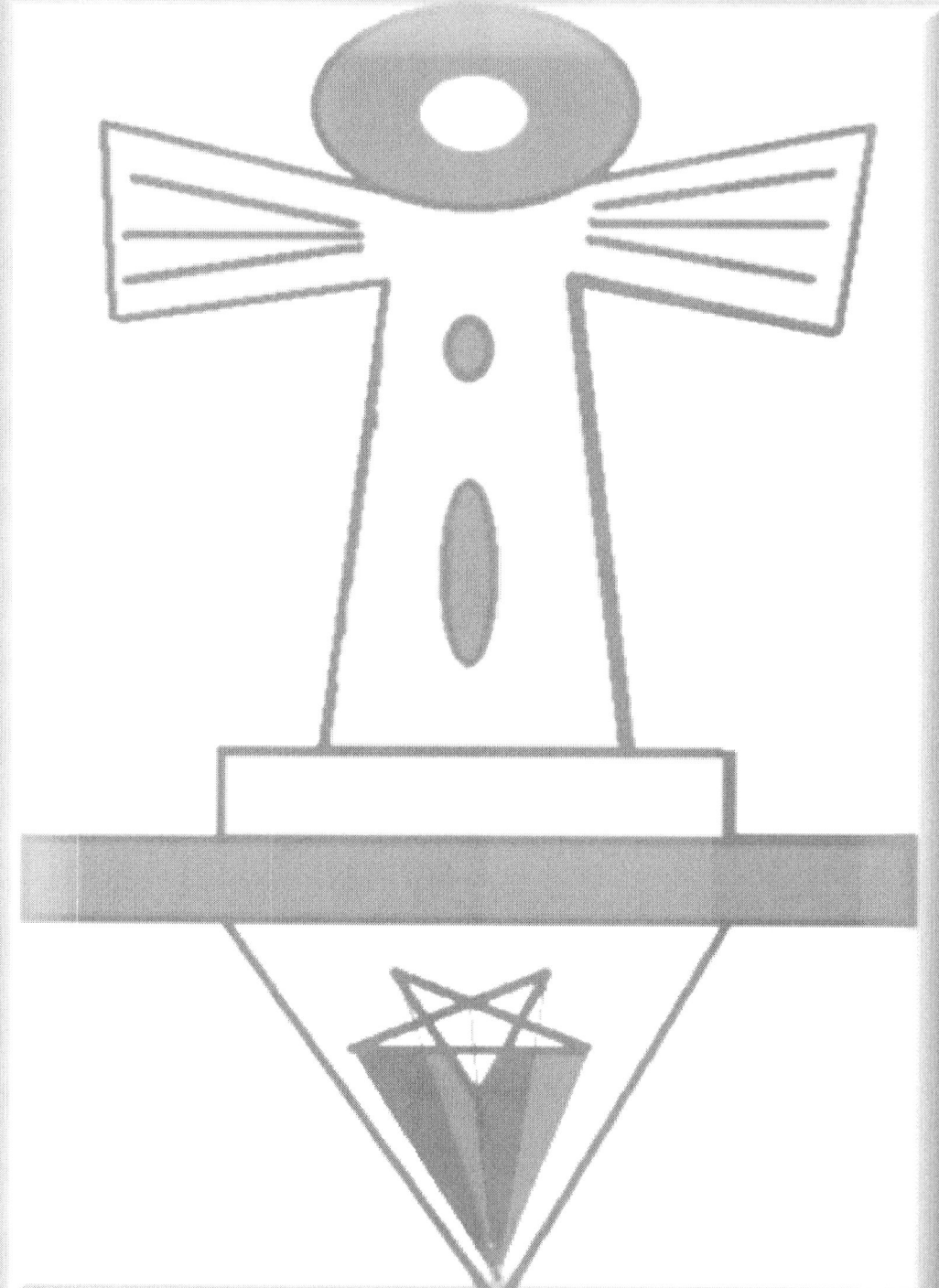

„Schreie"

Sie versteht die Welt nicht mehr, sie ist allein,
was macht es das sie anders ist,
doch niemand akzeptiert sie so wie sie ist,
sie hat Angst vor jedem neuen Tag,
Angst nach draußen zu gehen

Sie schreit wenn sie verzweifelt ist,
und weint weil sie alleine ist,
sie glaubt nicht an Gerechtigkeit,
an Liebe und Vertrauen,
sie schreit aus Angst, weil sie nicht mehr weiter will,
und weint weil sie verzweifelt ist

Mit jedem Tag den sie erträgt,
wächst ihr Haß und ihre Wut,
und wenn die Angst am größten ist ,
und es niemand sieht,
holt sie die Flasche aus ihrem Schrank,
dann vergißt sie für einen Moment,
ihre Sorgen und ihr Leid
doch sie kommen wieder mit jedem neuen Morgen

Sie weiß das es keine Lösung ist,
doch nur so erträgt sie ihren Schmerz,
und hofft das es nicht schlimmer wird,
und falls es doch so kommt,
hat sie auch dafür vorgesorgt

Denn sie glaubt nicht an Gerechtigkeit,
an Liebe und Vertrauen,
jeder Tag ist eine Qual für sie,
und weil sie nicht mehr weiter weiß
greift sie zu dieser Flucht

„Nie wieder"

Ich weiß nicht ob Du verstehst was ich sage,
vielleicht hörst Du mir nicht einmal zu,
ich weiß auch nicht ob Du den Schmerz
in meinen Augen siehst,
denn alles was Du siehst bist Du,
wie lange war ich in mir selbst gefangen,
wie oft habe ich versucht zu entliehen,
aber eines weiß ich bestimmt
Nie wieder wirst Du mir Schmerz zu fügen,
niemals mehr wirst Du mich berühren,
nie wieder meine Seele quälen,
und niemals mehr meine Träume stehlen
Das Leben ist viel zu kurz,
denn der Tod kommt schnell,
mein Tod kam vor vielen Jahren,
denn da hast Du mich zum ersten mal geschlagen,
die Wunden an meinem Körper
sind längst verheilt sagst Du,
doch die in meiner Seele heilen nie
Ich weiß nicht ob es Deinen Gott
tatsächlich gibt und wenn ja dann nicht für mich,
doch ich bin sicher das es den Teufel gibt
und mit ihm und meinem Haß besiege ich Dich,
ich weiß auch nicht ob es die Liebe gibt
und wenn ja dann kenne ich sie nicht,
ich kenne nur den Schmerz in mir,
nur meinen Haß und der kommt über Dich
Sieh was Du aus mir gemacht hast,
sieh mir ins Gesicht,
lüge mich noch einmal an
und dann sage ich Dir ich hasse Dich !

„Mörder"

Starrer Blick, Blut an den Händen,
Blut am Körper, sterbendes Herz,
einst voller Leben, Hoffnung,
bohrtest Dich in mich hinein
mit dem Werkzeug Deiner Gier,
saugtest den letzten Rest
Liebe, Leben aus mir heraus,
ließest mich liegen, lehr, ausgelaugt

Mörder, scheinheilig, verlogen,
Mörder meiner Liebe,
des letzten Restes Hoffnung in mir,
Mörder, triebst mich in den Tod

Letzte Gedanken an das Leben, Erinnerungen,
an Berührungen vergangener Zeit
es verblassen die Bilder voller Harmonie,
versiegtes Lächeln, stumme Gesichter,
Schmerz in der Brust, Schwindel Gefühl,
Ironie des Schicksals meines Lebens,
mein letzter Gedanke gehört Dir

Mörder hast mich mißbraucht,
Mörder, ließt mich zurück im Schmerz,
triebst mich in den Tod,
Mörder, meinen letzten Funken Leben
hast du ausgehaucht

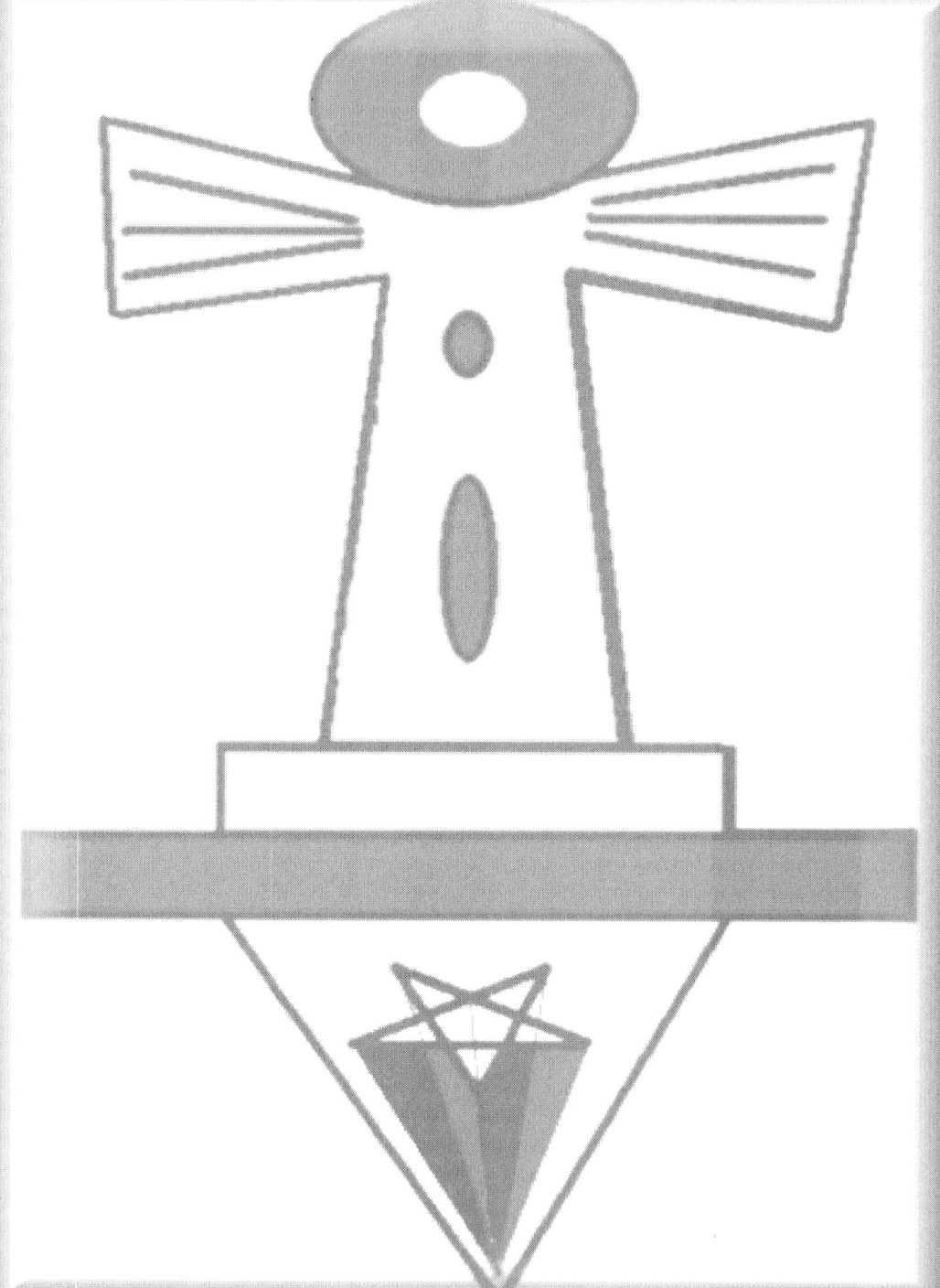

„Tränen der Welt"

Wie viele Menschen sterben jeden Tag
und ohne Grund,
und wie viele Kinder leiden täglich auf dieser Welt,
wie viele Menschen arbeiten in den Fabriken
für wenig Geld,
und wie viele Tiere sterben täglich,
wegen einem Stück Fleisch und ein bißchen Fell,
was ist der Preis, was ist es wert ein Menschenleben,
was macht das Leben für uns wieder Lebenswert?

Sei still, öffne Deine Ohren,
hörst Du wie sie weinen,
sei still und öffne Deine Augen,
siehst Du ihre Tränen,
verschließe nicht Augen, Ohren und Herz

Wie viele Waffen und Munitionen,
gibt es auf dieser Welt,
und wie viele Wälder sind schon zerstört,
wie viele Meere schon vergiftet, und wie viel Zeit
bleibt uns noch, bevor wir uns selbst zerstören,
was ist der Preis der Menschheit,
was ist sie wert die Erde,
was macht die Welt für das Leben
wieder Lebenswert?

Sei still und öffne Deine Augen,
siehst Du wie sie weinen,
sei still und öffne Dein Herz,
siehst Du ihre Tränen,
öffne Deine Augen und Dein Herz

„Ein neuer Anfang"

Was ist nur alles falsch gelaufen,
wie konnte das nur geschehen,
heute denkt er über sein Leben nach,
und erkennt das er bisher zu egoistisch war,
doch was geschehen ist, ist geschehen,
wie gerne würde er es wieder rückgängig machen,
doch das geht nicht mehr, dazu ist es zu spät

Alles was er will, wovon er träumt,
ist von neuem anzufangen,
alles wonach er sich sehnt, ist eine neue Chance,
alles was er möchte ist ein neuer Beginn

Er hat Angst davor alleine zu sein,
Angst vor der Verantwortung des Lebens,
schon einmal hatte er versagt, ein zweites mal
sollte dies nicht geschehen,
nie sprach er von Gefühlen, gestand sie sich nicht ein,
wie konnte er auch ahnen das die Liebe
ihn einmal so treffen würde

Jetzt bereut er seine Fehler,
würde alles dafür tun,
hätte er noch eine Chance die Zeit zurück zudrehen,
er hätte nie gedacht, das es mal so weh tun würde,
doch Liebe bedeutet auch Schmerz,
er kann nicht mehr schlafen,
an nichts anderes mehr denken,
denn wenn er die Augen schließt,
sieht er ihr Gesicht

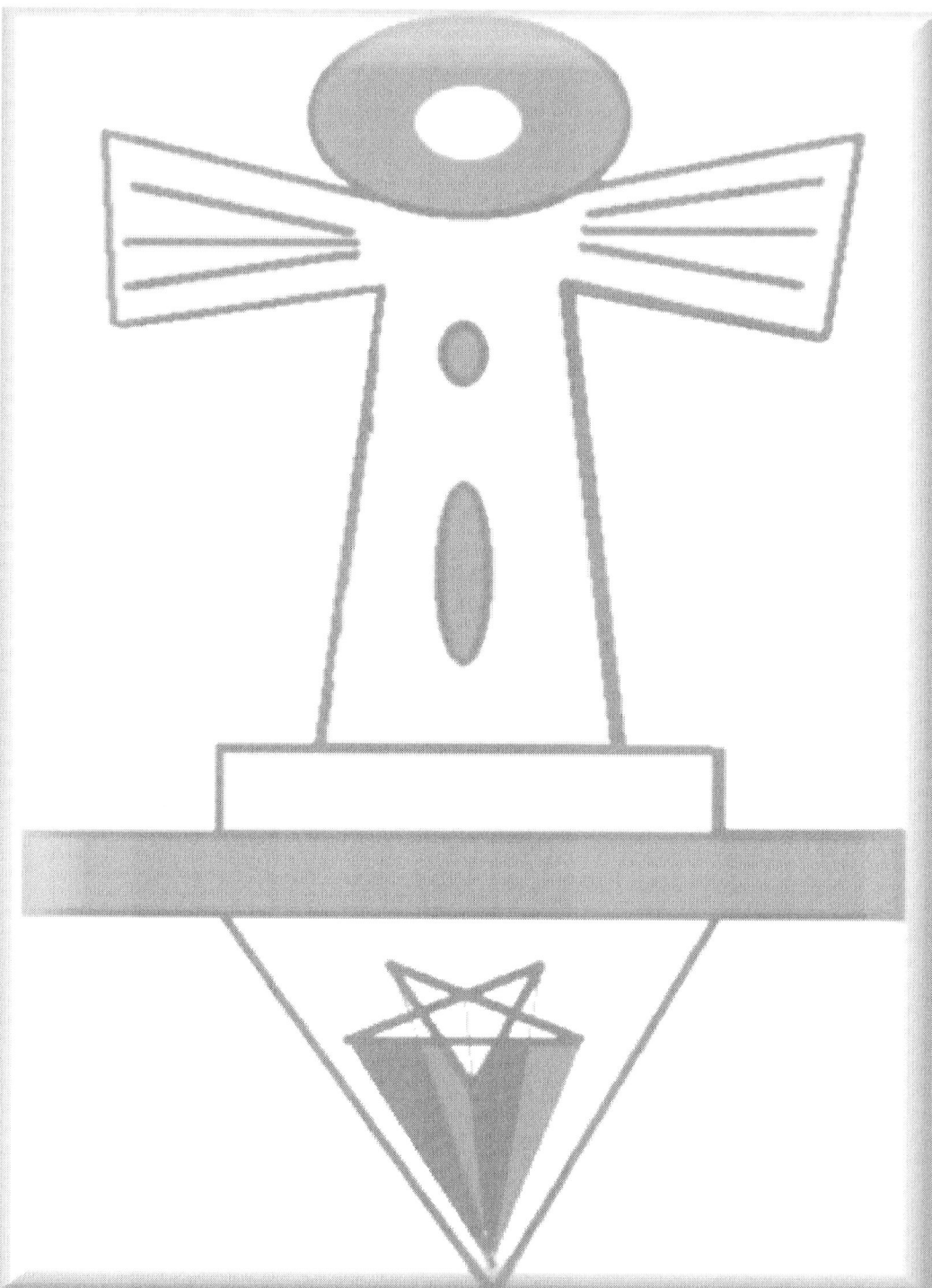

„Ruhelos"

Schlaflos irrt sie durch die Nacht,
ruhelos durch den Tag,
suchend nach der Seele die sie versteht,
lebt in ihrer Traumwelt gefangen,
fern ab, von jeder Realität

Doch was ist schon real,
in dieser trostlosen Welt,
ist sie in ihren Träumen da nicht glücklicher,
auch wenn dies nur für kurze Zeit hält,
eine Flucht auf Zeit, aus dieser kranken Welt

Gebt ihrem Herzen Frieden, laßt sie schlafen,
bereitet ihrer Suche ein Ende,
gebt ihrer Seele Ruhe, weckt sie nicht auf,
sie ist so glücklicher in ihrer Welt,
gebt ihrem Herzen Frieden

Nicht jeder kann der Welt entgegen heucheln,
dazu ist sie zu ehrlich mit sich selbst,
sie hat um ihre Geburt nicht gebeten,
man warf sie in diese Welt,
und lebt doch, in ihrer eigenen Realität

Gebt ihrem Herzen Frieden, laßt sie schlafen,
bereitet ihrer Suche ein Ende,
gebt ihrer Seele Ruhe, weckt sie nicht auf

Gebt ihrem Herzen Frieden, laßt sie schlafen,
quält nicht ihre Gedanken mit eurem Gift,
sie ist so glücklicher in ihrer Welt,
gebt ihrer Seele Ruhe, weckt sie nicht auf

„Laß mich frei „

Laß mich frei, hinaus in die Nacht,
denn ich bin ein Kind der Dunkelheit,
halt mich nicht fest, laß mich gehen,
auch wenn es Dir schwerfällt

Laß mich frei, laß mich frei,
zulange war ich in Deiner Welt gefangen,
wir wußten beide das dieser Tag einmal kommt,
jetzt laß mich gehen

Öffne die Tür laß mich fliegen, in die Freiheit der Nacht,
suche mich nicht, denn Du wirst mich nicht finden,
auch wenn es Dir schwerfällt es ist zu spät

Es ist zu spät für Deine Liebe,
zu spät für all das, was Du mir noch sagen willst,
ich will raus, weg von dir, und Deiner grellen Welt,
wir wußten beide das dieser Tag einmal kommt,
wenn Licht und Schatten sich treffen,
das Licht bist Du der Schatten bin ich

Ich breite meine Schwingen aus
und fliege in die Nacht,
nein ich drehe mich nicht mehr um,
nein ich höre Dir nicht mehr zu,
nein ich will so nicht mehr leben,
gib mich frei und ich fliege in die Nacht

Ich will raus, weg von Dir und Deiner lauten Zeit,
laß mich frei, laß mich frei,
zulange war ich in Deiner Welt gefangen
jetzt gib mich frei

„Der schwarze Mann"

Sie ist noch so unschuldig und das Leben so grausam,
hat sie nicht auch ein Recht,
ein Recht darauf glücklich zu sein,
doch sie ist es nicht, schau sie ist traurig und weint,
keiner hört sie, will sie verstehen,
und der schwarze Mann lügt sie an

Himmel und Hölle gehen Hand in Hand,
dieses Spiel bringt sie um den Verstand,
dieses Spiel namens Leben,
von dem sie so oft enttäuscht,
Himmel und Hölle machen sie krank

Sie will doch nicht viel vom Leben,
nur geliebt und getröstet werden,
doch der Himmel ist sie und die Hölle ist er,
er lügt sie nur an, doch sie sieht es nicht,
sie ist zu verliebt, niemand steht ihr bei,
und der schwarze Mann,
verbirgt sein wahres Gesicht

Geh nicht in diese Hölle, komm zurück in das Licht,
schau doch Du bist so viel,
der schwarze Mann liebt Dich nicht,
beginne zu leben, fang endlich an, Deine Träume
zu verwirklichen, denn nur dann bist Du wirklich frei,
denn Dein Leben gehört Dir

Himmel und Hölle, Spiel mit dem Feuer,
das Spiel mit dem Leben und ihr, sie sieht nicht sei wahres
Gesicht,
doch nur dann ist sie wirklich frei,
denn ihr Leben gehört ihr

„Man of Darkness"

Sein Blick ist kalt, seine Seele ist schwarz,
sein Herz ohne Liebe und Licht,
eine Mauer aus Qualen umgibt meinen Freund,
er braucht nur einen Funken Hoffnung,
und sei er noch so klein,
ein winziger Schimmer von Verständnis
in dieser lauten Welt

Man of Darkness reich mir Deine Hand,
laß mich Deine dunkle Seele heilen,
öffne mir Dein Herz und laß Dich fallen,
Man of Darkness reich mir Deine Hand

Er wird erfrieren ohne Liebe, in dieser kalten Welt,
er ist gezeichnet von Enttäuschungen und Ungerechtigkeit, ewig
ruhelos in seinem Leben,
wie lange ist er stark,
bevor er beginnt sich aufzugeben,
er braucht nur einen Funken Hoffnung
in dieser traurigen Welt,
denn ich bin nicht, sein rettender Engel der Nacht

Man of Darkness reich mir Deine Hand,
laß mich Deine dunkle Seele heilen,
öffne mir Dein Herz und laß Dich fallen,
Man of Darkness reich mir Deine Hand

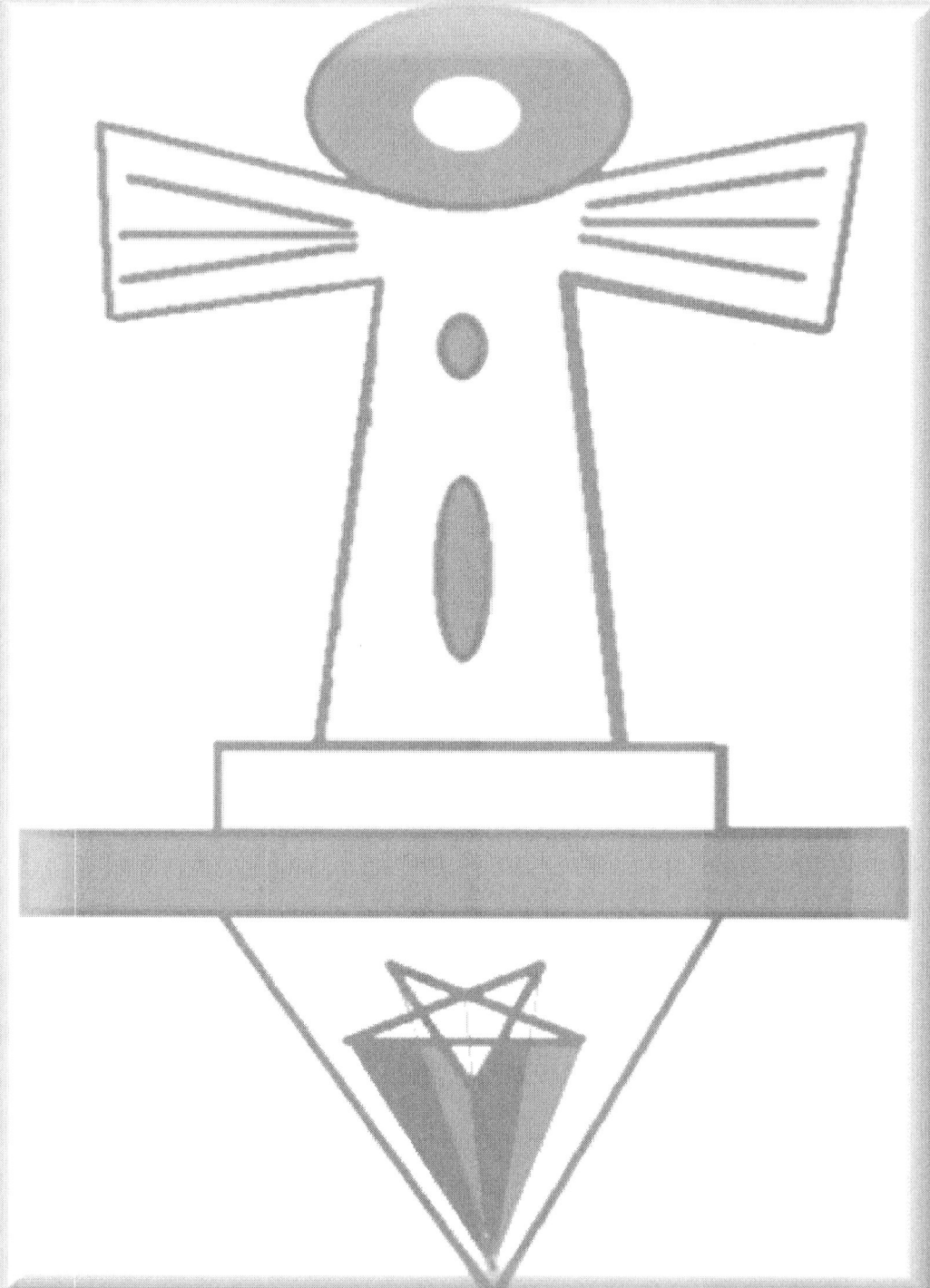

„Nur gespielt?"

So warst Du nur aus Pflichtgefühl,
im Herzen nah bei mir,
in all den zärtlichen Umarmungen,
warst Du nicht ehrlich zu mir und Dir
der Schwur den wir uns gaben,
der Dich und mich verband,
in all den schönen Stunden,
nur aus einer Lüge bestand

So lasse ich Dich nun gehen,
aus meinem Leben, meinem Herzen,
entlasse Dich aus unserem Schwur,
nein ich hasse Dich nicht,
denn jetzt erkenne ich,
nach all der Zeit die wir verbrachten,
warst Du nun endlich ehrlich zu mir

Nur eines noch bevor Du gehst,
bevor das Buch sich schließt,
aus Träumen und Sehnsucht geboren,
ein Traum nur, der aus meinen
Händen flieht, sage mir ,
all die zärtlichen Stunden und Nächte,
die glücklichen Augenblicke zwischen Dir und mir,
waren sie wirklich alle nur gespielt ?

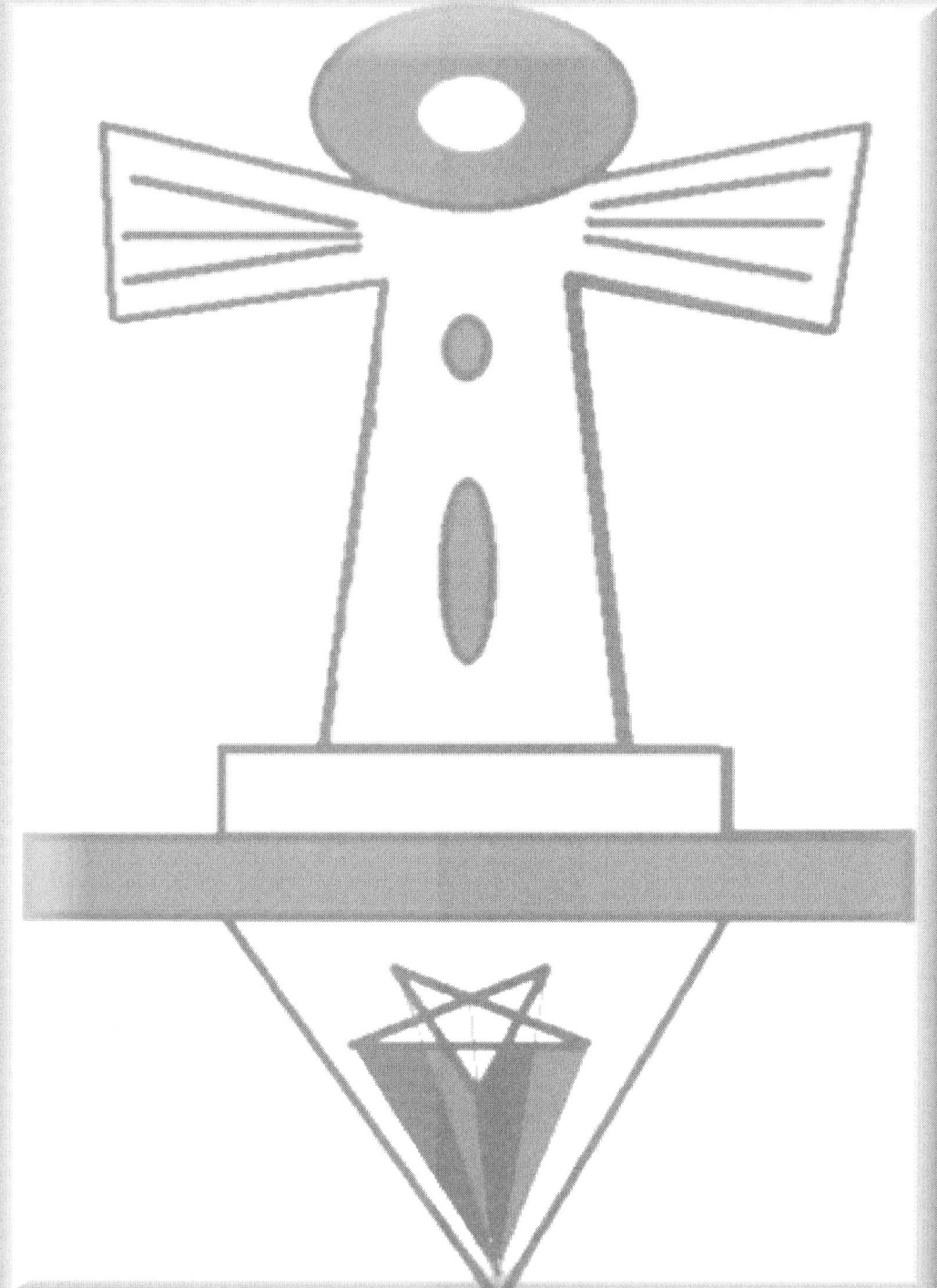

„Sturm, Wasser, Feuer, Blut"

So weht der Wind in den Ästen,
der Bäume die noch stehen,
so treibt er Wellen ans Ufer,
und trägt den Sand der Wüste fort,
jeden Tag ein bißchen mehr, ein wenig stärker

Denn ein Sturm wird kommen,
sieh seine Boten, erkenne die Zeichen,
zu weit ist es gegangen hier in dieser Welt,
ein Sturm wird kommen und sie befreien

Es schmelzen die Gletscher unaufhörlich,
so steigt der Spiegel der Meere,
flutet Täler und ertränkt das Land,
der schützende Schild schon aufgebraucht,
jeden Tag ein bißchen mehr, ein wenig stärker

Denn eine Flut wird kommen,
deute ihre Zeichen, begreife die Gefahr,
zu schnell steigen die Temperaturen auf der Welt,
eine Flut wird kommen, doch dann ist es zu spät

So brennt die Sonne hernieder,
verbrennt das Land und unsere Haut,
trocknet Flüsse und Meere aus,
und läßt Leben sterben,
jeden Tag ein bißchen mehr, ein wenig stärker

Denn ein Feuer wird kommen,
ließ die Botschaft die es sendet,
zu stark ist die Atmosphäre gestört,
ein Feuer wird kommen und vom Übel befreien

Beben wird die Erde,
ersticken das Leben mit ihrem Blut,
ja beben wird die Erde,
und zerreißen was einst erschaffen,
jeden Tag ein bißchen mehr, ein wenig stärker

Und so wird Blut vergossen werden,
das älteste das es je gab,
und dann wird sie sterben die Erde,
für eine ungewisse Zeit,
der Mensch wird es nicht mehr erleben, wenn
sie wieder erwacht und neues Leben schafft

Inhalt 5

„Publikum"

Du kannst ihre Seelen nicht mehr retten,
dazu ist es zu spät, sie haben sie verkauft,
für ihre perfekte Welt,
was für eine Heuchelei, was für eine Lüge,
und sie merken es nicht einmal,
verschließen ihre Augen, um nicht zu erkennen,
das der Vorhang aus Lügen nicht mehr fällt
Du kannst ihre Seelen nicht mehr retten !

Du kannst ihre Herzen nicht mehr erreichen,
dazu sind sie zu vereist,
sie haben sie hinter Mauern versteckt,
für ihr ignorantes Leben !

Warum dieser Maskenball
mit all den Narren und Marionetten,
in einem Theater, sie nennen es Leben,
und jeder applaudiert dem anderen,
und das Publikum schaut verzweifelt zu

Das Publikum sind wir,
die wenigen, die ihre Seelen noch besitzen,
wir deren Augen nicht geblendet sind,
doch nur vereint, können wir noch retten,
was uns von der Welt geblieben ist,
den letzten Rest,
den die Zombies noch nicht vernichtet haben,
die seelenlosen, die unsere Welt bevölkern
und nicht merken, was ihnen entgeht

Aber ihre Seelen können wir nicht mehr retten !

„Schachfiguren"

Hätte ich einen Wunsch frei, oder die Wahl,
dann wünschte ich, ich wäre
kein Mensch mehr, kein Herz,
das in meiner Brust schlägt,
keine Gefühle mehr,
denn ich will nichts mehr fühlen

Innerlich bereits seit Jahren tot,
die Menschlichkeit verloren,
nun auch der letzte Funken ausgelöscht,
verdammt, verspottet, mißverstanden,
meine Rolle in diesem perversen Spiel

Leere, Einsamkeit und Kälte,
jetzt beendet Euer Werk,
nehmt mir den letzten Rest
von Menschlichkeit,
Ihr habt mich doch schon längst zerstört

Schachfiguren in dem Spiel,
auf dem Brett des Lebens,
die Zeit läuft ab die Uhr sie tickt,
Schachfiguren in dem Spiel
aus Fleisch und Blut geschaffen,
im perversen Spiel der Zeit,
in dem Spiel des Lebens

„Meer der Lügen"

Grelle bunte Lichter, falsches Lachen aufgesetzt,
geheuchelte Höflichkeit, gespielte Freundlichkeit,
nur auf den eigenen Vorteil bedacht

Kriechen vor der Obrigkeit,
die wahren Gefühle unterdrückt und versteckt,
tänzelnd mit einem Fuß über dem Abgrund,
dem Untergang geweiht

Vielleicht noch nicht heute, vielleicht nicht morgen,
aber diese scheinheilige Welt wird versinken,
in einem Meer aus Lügen

Ertrinkend, schluckend das selbst gebraute Gift,
kostend vom schleichendem Tod der Welt,
vor sich hin vegetierend,
das Ende zum greifen nah

Vielleicht noch nicht heute, vielleicht nicht morgen,
aber diese Welt ist dem Untergang geweiht,
wird versinken, in einem selbst geschaffenem
Meer der Lügen,
der Lügen dieser Welt

„Metamorphose"

Spiegel an der Wand, zeigt eine Lüge,
wer bist Du, gefangen in diesem Körper,
Umfeld, Gesellschaft engen Dich ein,
eine Raupe gefangen im Netz

Erwache, erkenne Dein wahres selbst,
erlebe Dich neu, sei wie Du sein willst,
zerschlage den Spiegel,
Sinnbild menschlicher Eitelkeit

Du entscheidest wie Du lebst,
Du entscheidest wer Du bist,
der Schritt zum wahren selbst,
zerschlage den Spiegel, der Dein Bild verzehrt

Spiegel an der Wand, zeigt eine Lüge,
die Raupe versucht aus dem Netz zu fliehen,
denn ihre Bestimmung ist eine andere,
wird sie doch einst ein Schmetterling,
die Metamorphose gibt sie frei

Doch muß sie erst aus diesem Netz,
wie Du, gefangen in Dir selbst,
der Schritt zum wahren sein,
zerschlage den Spiegel, entfalte Dich,
die Metamorphose gibt Dich frei

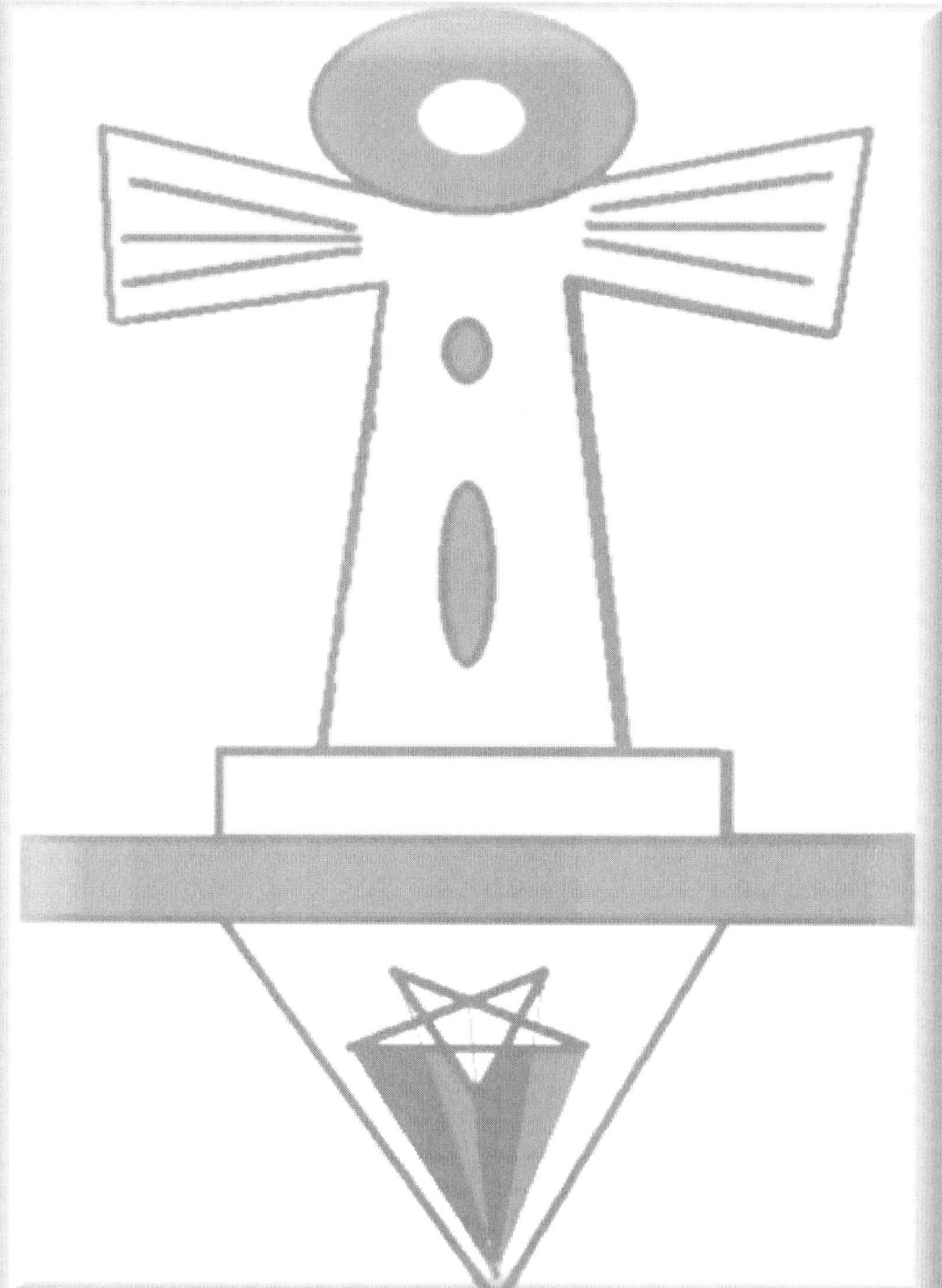

„Hölle"

Was ist böse was ist gut,
wie lautet die Antwort auf die Frage
die wir uns täglich stellen,
was ist Leben was ist Tod ?
weich mir nicht aus, sprich mit mir,
sieh mir in die Augen und sage mir warum wir leiden,
Willkommen in der Hölle Vater

Was ist Liebe was ist Haß,
wie weit sind wir bereit zu gehen,
sind wir bereit uns aufzugeben,
für die Liebe und das Leben,
wie lautet die Antwort auf die Frage
die wir uns täglich stellen ?
sieh mir ins Gesicht und sage mir warum wir leiden,
Willkommen in der Hölle Vater

Was ist richtig was ist falsch,
wo liegt die Grenze die wir ziehen,
sind wir dann nicht alle Götter,
wenn wir darüber entscheiden
wer leben darf und wer stirbt,
haben wir das Recht über andere zu entscheiden,
wie lautet die Antwort auf diese Fragen ?
komm herunter von deinem Thron,
und sage warum wir so leiden

Willkommen in der Hölle Vater,
der Du sie geschaffen hast,
Dein Wille geschehe denn sie kriechen vor dir,
ihre täglichen Qualen schenke ihnen heute,
und vergib ihnen ihre Heuchelei,
denn sie kommen nach Dir !

„Vertrag"

Das ganze Leben ist ein Vertrag,
nur manche Leute sind zu dumm,
das Klein gedruckte zu lesen,
die Gesellschaft hält uns geistig klein,
sie schafft Gesetze,
an die sie sich selbst nicht hält !

Ich werde mich keinem System unterwerfen,
das mir vorschreibt ‚was ich zu denken habe
und wie ich mein Leben gestalten soll !

Man kann meinen Körper vielleicht bezwingen,
aber mein Geist ist frei,
frei von dem Gift das man in die Welt entsendet,
freier Wille heißt das Zauberwort,
also laßt mich in Ruhe, mit eurer grellen Welt !

Ihr betet und hofft auf Erlösung,
von jemandem den es nicht gibt,
Ihr verurteilt andere für das was sie sind,
was sie denken und was sie tun !

Gesetze können geändert werden,
die Zeit ist gekommen, für eine neue Welt,
ohne Heuchler, ihre Zeit ist um,
scheinheilig verschleiern sie die Wahrheit,
leben gefangen, in ihrer selbst erschaffenen Hölle,
Vater . . . der du bist, sind ihre letzten Worte !

„Fehler"

Ihr seht nur was Ihr sehen sollt,
und hört nur was Ihr hören wollt,
doch wisset Eure Zeit ist um,
Ihr Heuchler der Nationen

Keine Zeit mehr umzukehren,
Eure Herzen kalt wie Stein,
Eure Menschlichkeit bringt einen um,
mit Gas und Munitionen

Satan wäre stolz auf Euch,
doch das wißt Ihr sicher schon

Der größte Fehler in der Evolution,
die Schöpfung Mensch,
er kam auf die Erde, sah, siegte
und übernahm den ganzen Krempel,
danke Universum !

„Auferstehung"

Eines Tages wird die Schönheit erwachen,
wird der gefallene Engel auferstehen,
sein Reich errichten und erlösen,
aus der Knechtschaft befreien, an diesem Tag

Ein Engel der es wagte frei zu sein,
frei im Geist mit der Wahrheit verbündet,
ein Engel der das Heucheln durch schaute,
und damit seinen Platz verlor,
im himmlischen Reich

Eines Tages wird die Freiheit erwachen,
in jedem der es nur zuläßt,
wird uns erfüllen mit ihrer Macht,
und uns zurück führen auf den wahren Weg

Ein Engel der es wagte zu wieder sprechen,
seine Meinung zu äußern mit der Erkenntnis vereint,
ein Engel der die Lügen
nicht länger ertragen konnte,
und verbannt wurde
aus dem heuchlerischem Reich

Eines Tages kommt die Wahrheit ans Licht,
wird die Erkenntnis auferstehen,
und jeder der seine Augen
nur weit genug öffnet,
wird erkennen, wahre Götter gibt es nicht !

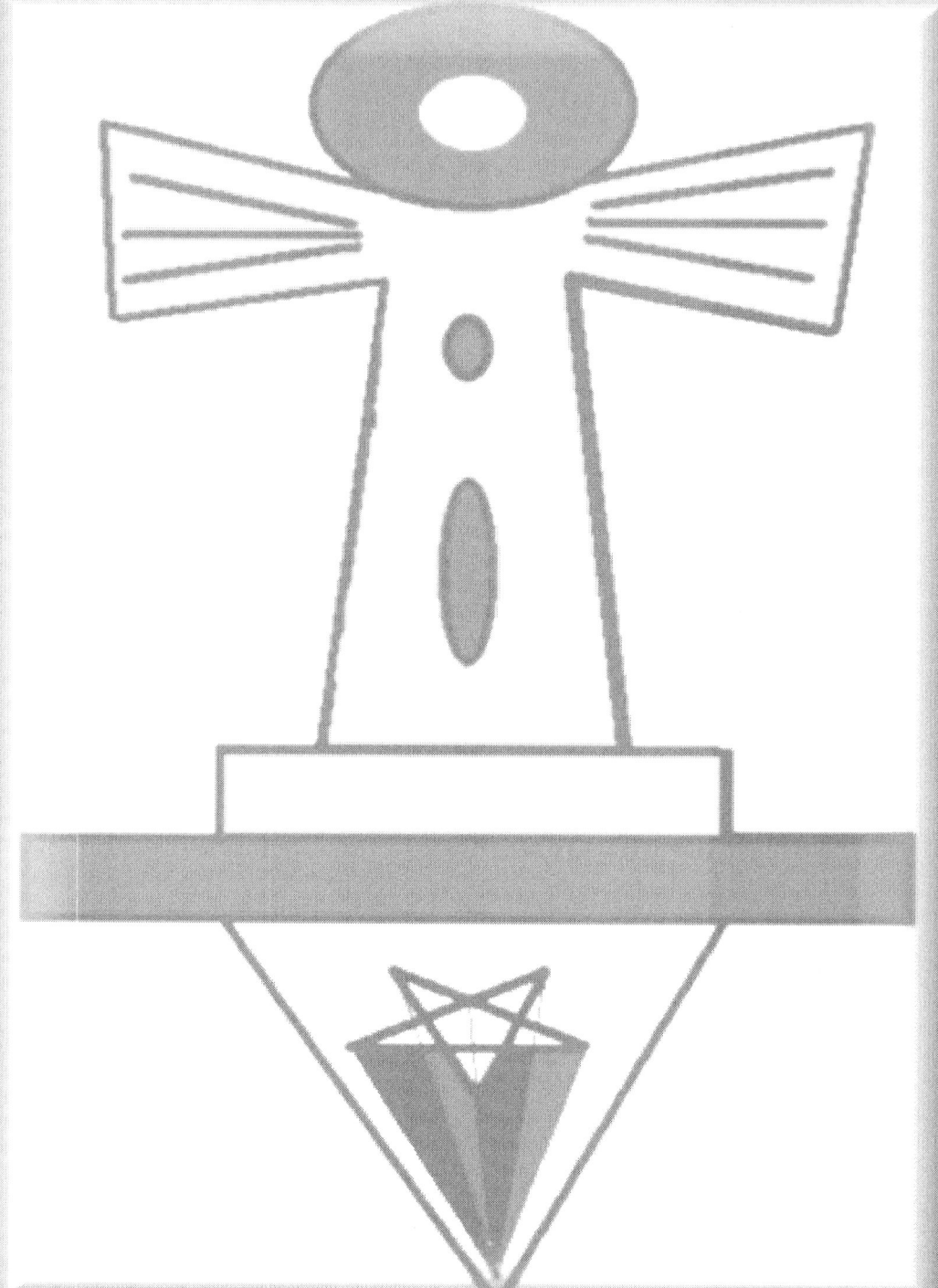

„Sein Pfad"

Und so lag ich in einem Bett aus Dornen,
von Nebelschwaden umgeben,
in der Kälte der Zeit, aus einer Traumwelt gerissen,
in die Wirklichkeit

Und so habe ich der Wahrheit ins Antlitz gesehen,
von den Vorhängen der Scheinheiligkeit verdunkelt,
erkannte die Seele die in mir schlief,
und habe sie vom Tod befreit

Denn er nahm mich an die Hand,
führte mich ans Tor der Welt,
und die Leere füllte sich,
Heil dem wahren Herrscher

So habe ich die Freude gefunden,
am Leben in dieser Welt,
aus einer Traumwelt hinaus, in die Wirklichkeit,
und setzte einen Fuß auf seinen Pfad

So habe ich meine Sinne entdeckt,
die Lust auf mehr, in meinem sein,
säte ein Korn, auf dem Feld meines Lebens,
und erfreue mich an seinem gedeihen

Denn er nahm mich an die Hand,
führte mich ans Tor der Welt,
und die Leere füllte sich,
Heil dem wahren Herrscher

„Ich bin! "

Lebe Deine Triebe, mache Dich frei,
von allem was Dich vergiftet,
erfahre die Wahrheit in voller Schönheit,
verleugne Dich nicht, stelle Dich deinem Ich,
befreie Deinen Geist, tritt hervor und sage;
Ich bin !

So bist Du frei in Deinem Leben,
so rein und klar,
wie Neuschnee, auf dem Feld der Zeit,
so bist Du mächtig, gleich einem Gott,
und frei in Deinem Leben,
wie ein Vogel im Wind !

Nimm was Du begehrst,
wenn es Dir nützt und glücklich macht,
und scheue nicht, dazu zu stehen,
handle nicht wieder Deiner Natur,
denn Du bist was alle Wesen sind, ein Tier
verstelle Dich nicht und laß Dich nicht blenden,
befreie Deinen Geist, stehe auf und sprich;
Ich bin !

So bist Du frei in Deinem Leben,
so rein und klar,
wie Neuschnee, auf dem Feld der Zeit,
so bist Du mächtig, gleich einem Gott,
und frei in Deinem Leben,
wie ein Vogel im Wind !

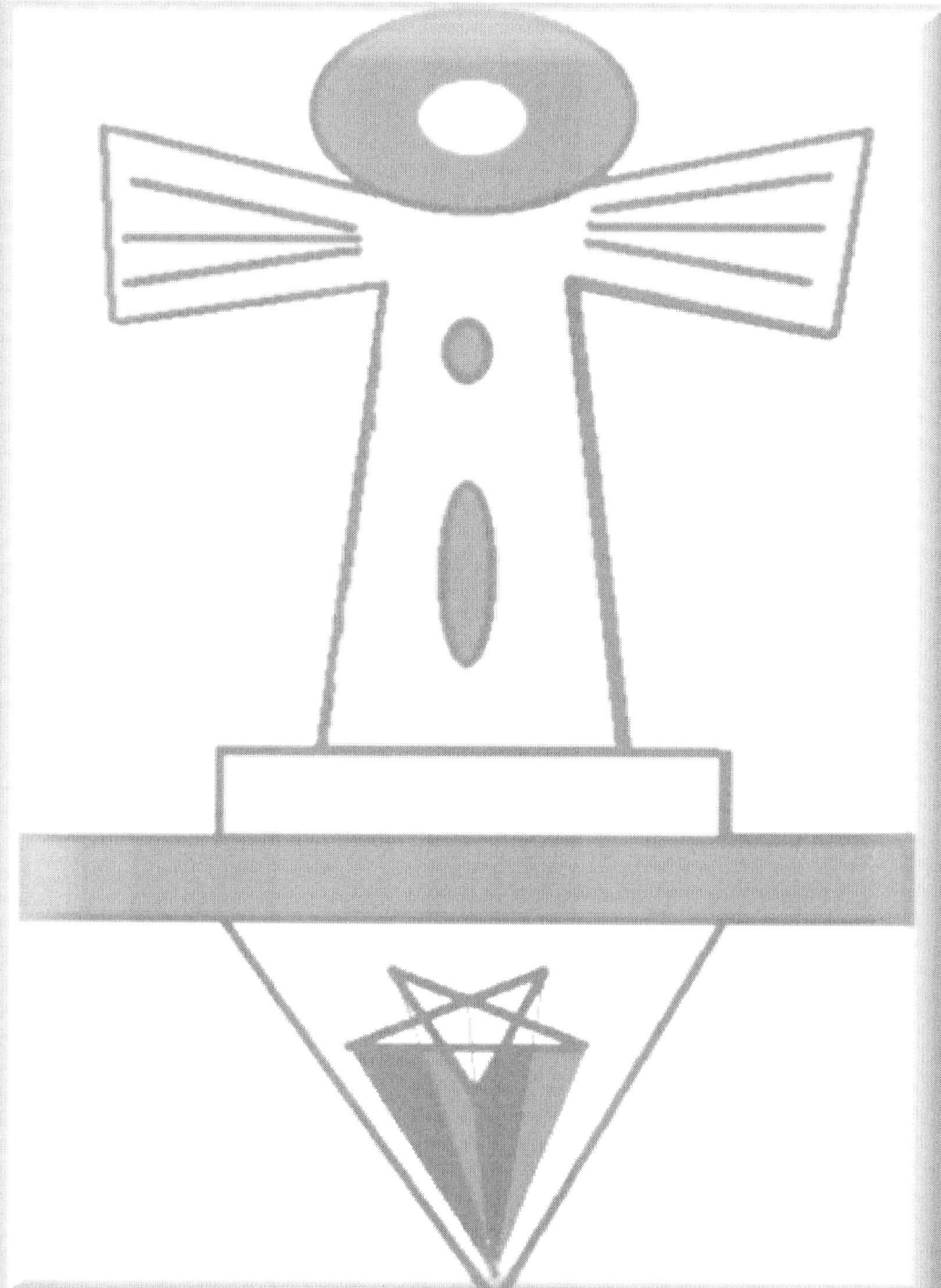

„Für eine friedliche Nacht"

Wenn Du Nachts einsam schläfst,
und vor Sinnlichkeit vergehst,
sündige Gefühle in den Lenden spürst,
so gebe Deinem Verlangen nach

Denn ein Gefühl von Zufriedenheit und Wärme,
braucht ein jedes Wesen auf der Welt,
und eine Sünde ist es nicht, ein Verlangen zu stillen,
eher zu unterdrücken, was man braucht,
und was gefällt

So huldige Deinem Körper,
wann immer es Dich gelüstet,
denn ein Tempel braucht Pflege,
sonnst zerfällt er zu Staub,
ohne je gewürdigt zu sein

Wer sonnst als Du selbst, kennt besser
Deine Bedürfnisse, die Du hast und die Zufriedenheit
verschaffen,
und weiß was Du willst,
es ist nichts falsches sich zu entdecken,
so laß es geschehen
und ergebe Dich deinem Verlangen

Und wenn Du vollbracht, was du angefangen,
und das Gefühl von Befriedigung sich erfüllt,
dann denke nicht was andere sagen,
sondern lächle und freue Dich,
das Du nun friedlich schlafen kannst

So huldige Deinem Körper,
wann immer es Dich gelüstet,
denn ein Tempel braucht Pflege,
sonnst zerfällt er zu Staub,
ohne je gewürdigt zu sein

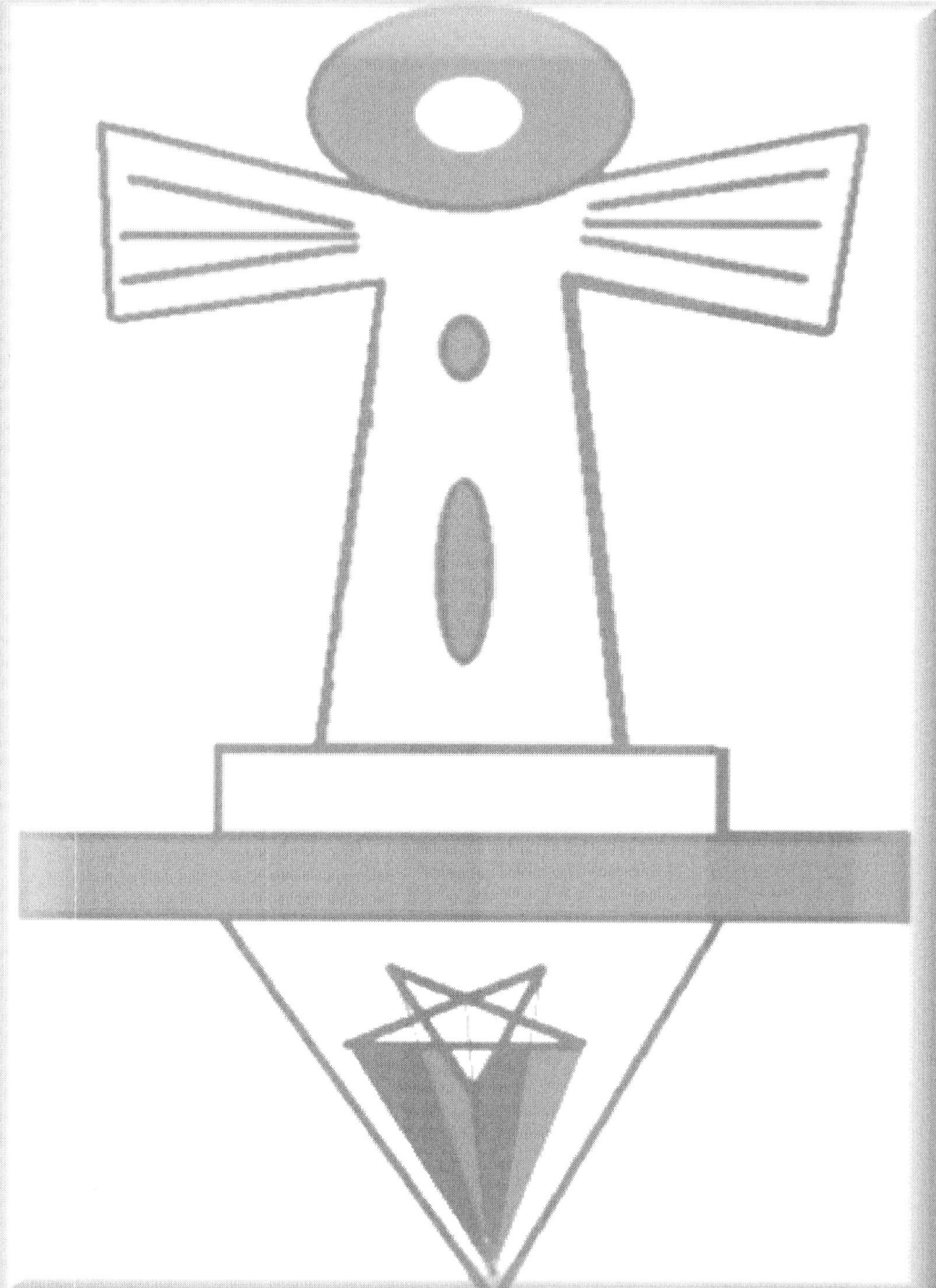

„Dieses Buch ist einem Menschen gewidmet,
der ein guter Freund in der Dunkelheit war
und einen Funken Hoffnung in mein Leben brachte.
Denn ich denke, so traurig das Leben auch
manchmal sein mag, welch Schicksal uns auch ereilt,
einen guten Freund und etwas Hoffnung braucht ein
jeder in dieser Zeit.
In diesem Sinne vielen Dank an Andreas!"

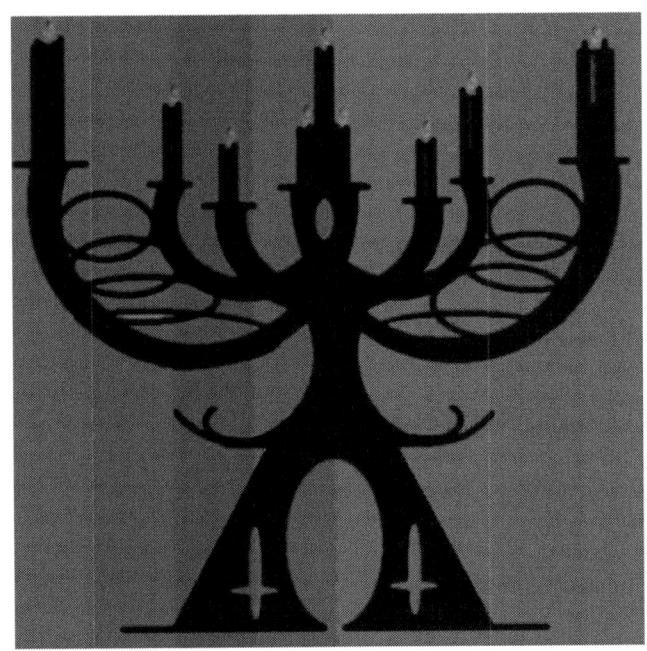

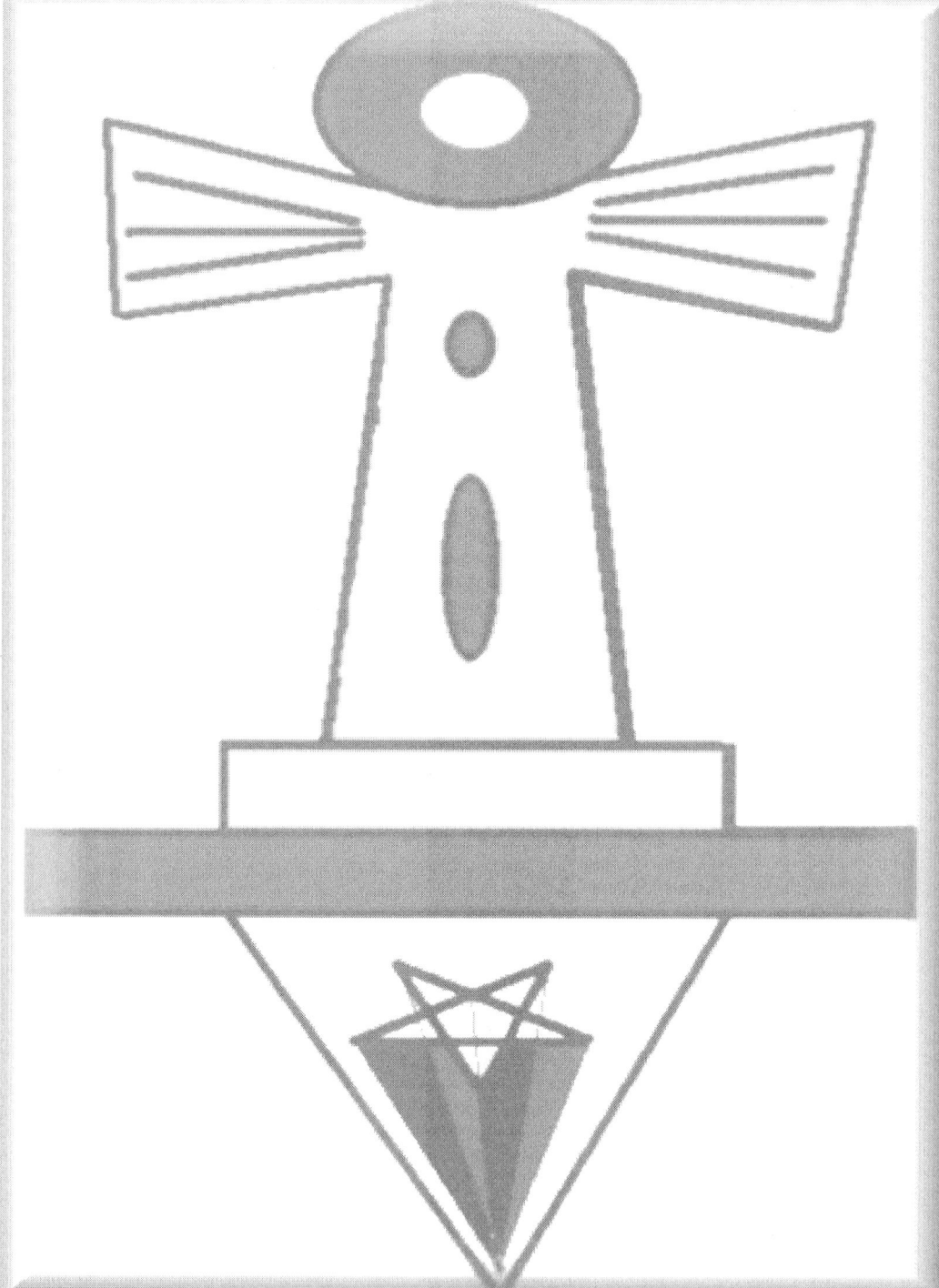